念楼学短
[修订版]
合集

月下

锺叔河 著

人民文学出版社

序

胡竹峰

读此合集,不止学其短,也学其读,学其曰,学其文……念楼一支笔从容点染,不袭陈言不落俗套,经史子集的从前隐入锦灰堆,是风景轴,是人物册,是风俗画,是博古图……读来如沐月下,清凉沁人。

念楼深思博览,上下求索,珠玑灿烂,随处亮光,文章成智慧果。我好其满心圈点,更好其时虚时实、实实虚虚。有心有缘读书者,大抵不同会心,各自欢喜。

爱读念楼多年,心慕蕴藏深厚,偶露机锋,还有趣味。行文常见闲笔,直指人心。又如平常说话,说世情,谈常理,叙典故,间或考订,均能简洁朴实,弦外之音绕梁。笔墨无多,文章实老。

浮生茫茫,半悔半惭,惭愧自己读书太少、孟浪太多、识见太短、学养太薄。念楼一盏青灯是我暗夜的慰藉,快二十年了,真真感念那一缕缕关切、一串串叮咛。书此数语,先生吉祥。

二〇二三年十一月二十七日于池州。

自 序 三

[原为 2001 年 6 月 19 日《文汇报·笔会》"学其短"专栏小引]

"学其短"从文体着眼，这是文人不屑为、学人不肯为的，我却好像很乐于为之。自己没本事写长，也怕看长而论道的文章，这当然是最初的原因；但过眼稍多，便觉得看文亦犹看人，身材长相毕竟不最重要，吸引力还在思想、气质和趣味上。

"学其短"所选古文，本来只是为了课孙。如今四个外孙女早都成了博士，而且没有一个学文的，服务已经失去了对象。我自己对于"今译"其实并无兴趣，于是便决定在旧瓶中掺点新酒。——不，酒还是古人的酒，仍然一滴不漏地摆在这里。不过标明"念楼"的瓶子里，却由我装进去了不少的水，用来浇自己胸中垒块了。

这正像陶弘景所说的"只可自怡悦，不堪持赠君"，但愿读者中能够多有几位"解人"吧！

二千零一年六月十一日于长沙城北之念楼。

月下

关于《月下》的说明

《月下》是《念楼学短合集》五卷本的卷三,湖南原版所收的内容,详情如下:

"抒情文十一篇","写景文十篇","记事文十三篇","记人物十三篇","记社会十三篇","记言语十一篇","题画文七篇","张岱文十篇","郑燮文九篇","王闿运日记九篇",计十组一百零六篇。

"人文"新版保留了原有的抒情、写景、题画的二十八篇和张岱、郑燮、王闿运的二十八篇;从卷一调来"容斋随笔"(洪迈文)、苏轼文、陆游文的二十九篇,从卷二调来"哀祭文十一篇",从卷四调来"巢林笔谈"(龚炜文)十篇;而将原有的记事文和记人物、记社会、记言语的五十篇记叙文全部调往卷二,使本卷所收全是抒情、写景和专属个人的文字。

调整后详情为:

"抒情文十一篇","哀祭文十一篇","写景文十篇","题画文七篇","苏轼文十篇","洪迈文九篇","陆游文十篇","张岱文十篇","郑燮文九篇","龚炜文十篇","王闿运日记九篇",计十一组一百零六篇。

五卷本皆以篇名作书名,《月下》即"抒情文十一篇"第一篇之名。

目　录

〔抒情文十一篇〕

月下（李白·杂题一则）................002

江上的笛声（李肇·李牟吹笛）..........004

习字（欧阳修·学书为乐）..............006

怨华年（姜夔·长亭怨慢小序）..........008

我爱独行（归有光·归程小记）..........010

日长如小年（张大复·此坐）............012

夜之美（叶绍袁·夜中偶起）............014

老年（傅山·失题）....................016

在秋风里（方以智·洞庭君山）..........018

燕子来时（蒋坦·念亡妻）..............020

一年容易（富察敦崇·枣儿葡萄）........022

〔哀祭文十一篇〕

简短的悼词（韩愈·祭房君文）..........026

悼横死者（杜牧·祭龚秀才文）..........028

求止雨（欧阳修·祭城隍神文）..........030

悲愤的两问（季苾·祭吴先生履斋）......032

无言之痛（朱熹·祭蔡季通文）..........034

001

不敢出声（陆游·祭朱元晦侍讲）........ 036

无人对饮了（刘克庄·祭方孚若宝谟）.... 038

送别老臣（明武宗·祭靳贵）........ 040

生死见交情（顾仲言·刑场祭夏言）...... 042

带笑而死（王象晋·自祭文）.......... 044

哭宋教仁（章炳麟·宋渔父哀辞）...... 046

〔 写景文十篇 〕

石门山（吴均·与顾章书）............ 050

徐知诰故居（欧阳修·寿宁寺）........ 052

观泉（许有壬·林虑记游一则）........ 054

龙关晓月（杨慎·点苍山游记一则）.... 056

丽江木府（徐弘祖·木公设宴）........ 058

寓山的水（祁彪佳·水明廊）.......... 060

招隐山（王士禛·招隐寺题名记）...... 062

再上名楼（龚炜·槜李烟雨楼）........ 064

荷花深处（顾禄·消夏湾看荷花）...... 066

会稽山色（李慈铭·十里看山）........ 068

〔 题画文七篇 〕

画飞鸟（苏轼·书黄筌画雀）.......... 072

李广夺马（黄庭坚·题摹燕郭尚父图）.... 074

真与美（杨万里·题章友直草虫）...... 076

动人春色（俞文豹·徽庙试画工）．．．．．．．　078

　　还是东坡（陆树声·题东坡笠屐图）．．．．．．　080

　　残缺之美（徐渭·书夏珪山水卷）．．．．．．．　082

　　孤山夜月（李流芳·题孤山夜月图）．．．．．．　084

〔苏轼文十篇〕

　　自己的文章（自评文）．．．．．．．．．．．．　088

　　读陶诗（书渊明诗）．．．．．．．．．．．．．　090

　　惜别（书别姜君）．．．．．．．．．．．．．．　092

　　桃花作饭（书张长史书法）．．．．．．．．．．　094

　　过滩（书舟中作字）．．．．．．．．．．．．．　096

　　黑不黑（书墨）．．．．．．．．．．．．．．．　098

　　屠龙和踹猪（书吴说笔）．．．．．．．．．．．　100

　　月下闲人（记承天夜游）．．．．．．．．．．．　102

　　脱钩（记游松风亭）．．．．．．．．．．．．．　104

　　知惭愧（书临皋亭）．．．．．．．．．．．．．　106

〔洪迈文九篇〕

　　白氏女奴（乐天侍儿）．．．．．．．．．．．．　110

　　近仁鲜仁（刚毅近仁）．．．．．．．．．．．．　112

　　不平则鸣（送孟东野序）．．．．．．．．．．．　114

　　简化字（字省文）．．．．．．．．．．．．．．　116

　　逢君之恶（魏相萧望之）．．．．．．．．．．．　118

改地名（严州当为庄）..............120

杀功臣（汉祖三诈）..............122

同情者的诗（李陵诗）..............124

保护伞（城狐社鼠）..............126

〔陆游文十篇〕

岑参的诗（跋岑嘉州诗集）..............130

不如不印（跋历代陵名）..............132

信运气（跋中兴间气集）..............134

天风海雨（跋东坡七夕词后）..............136

忆儿时（跋渊明集）..............138

故都风物（跋岁时杂记）..............140

提个醒（跋通用古字韵编）..............142

今昔不同（跋乐毅论）..............144

想鉴湖（跋韩晋公牛）..............146

无聊才作诗（跋花间集）..............148

〔张岱文十篇〕

不出名的山（越山五佚记序）..............152

出游通知（游山小启）..............154

二叔的笔墨（题仲叔画）..............156

考文章（跋张子省试牍）..............158

写景高手（跋寓山注）..............160

米家山（再跋蓝田叔米山）............ 162

我（自题小像）..................... 164

人和狼（中山狼操）................. 166

茶壶酒壶（砂罐锡注）............... 168

他读的书多（不死亦难究）........... 170

〔郑燮文九篇〕

对不住（前刻诗序）................. 174

鬼打头（后刻诗序附记）............. 176

不求人作序（家书自序）............. 178

胸无成竹（题画竹一）............... 180

文与画（题画竹二）................. 182

润格（板桥笔榜）................... 184

难得糊涂（题额）................... 186

雪婆婆（题印一）................... 188

郑为东道主（题印二）............... 190

〔龚炜文十篇〕

悲哀的调子（笛音何呜咽）........... 194

中秋有感（中秋无佳境）............. 196

自作孽（名利两穷）................. 198

江上阻风（景佳如画）............... 200

黄连树下（琴声忽自内出）........... 202

005

悼亡妻（内亡度岁）．．．．．．．．．．．．．．．．．．204

微山湖上（大块文章变化不尽）．．．．．．．．206

惜华年（清明闲步）．．．．．．．．．．．．．．．．．．208

暑中悬想（绿天深处）．．．．．．．．．．．．．．．．210

画中游（置身画图中）．．．．．．．．．．．．．．．．212

〔王闿运日记九篇〕

儿女读书（人日）．．．．．．．．．．．．．．．．．．．．216

清明（三月十三日）．．．．．．．．．．．．．．．．．．218

杀人与要钱（七月廿二日）．．．．．．．．．．．．220

张之洞来信（八月廿九日）．．．．．．．．．．．．222

祭奠亡妻（九月八日）．．．．．．．．．．．．．．．．224

和合二仙（十月十六日）．．．．．．．．．．．．．．226

做生日（十一月廿八日）．．．．．．．．．．．．．．228

做年糕（十二月廿二日）．．．．．．．．．．．．．．230

走夜路（十二月廿三日）．．．．．．．．．．．．．．232

抒情文十一篇

月 下

[念楼读]

半夜醒来，只见皓月当空，自己原来睡在户外。月亮的光洒遍了地面，也洒遍了我全身。花和树的影子，在衣服上纵横交错；月光如水，它们便像是水草。我的心魂浮游在月光的海洋中，上下四方，全都是清冷的月光和月色。

[念楼曰]

王琦注《李太白文集》卷三十，《诗文拾遗》有《杂题》四则，云原见《龙江梦馀录》，又云："类书中多摘引太白诗句,然不能无错谬。"那么，这四则杂题到底是不是李白的作品，恐怕也和"平林漠漠烟如织"和"秦娥梦断秦楼月"一样，千载而后还会有争论。

语云，君子恶居下流，天下之恶皆归焉。故希魔作画，江青演戏，未尝无一毫可取,而人皆厌恶之。而另一方面,也可以说才人幸居上流，天下之美皆归焉。铁杵磨针，骑鲸捉月，"百代词曲之祖"都归了他，这几则杂题亦犹是耳。

时间过去了一千三百年，后生三四十代的我辈，智商比李白增高了多少，恐不好说。如果太白从月下醒来想写，给他一台电脑，他肯定不会用，这能否证明我们就比他"进化"了呢？

听说台湾有位太白后人，说他自己的文章超过了所有前人，诺贝尔奖本要归于他，后来才被姓高的小子抢了去，这也许才是"进化"的实例。

杂题一则

李白

夜来月下卧醒,花影零乱,满人衿袖,疑如濯魄于冰壶也。

[学其短]

◎ 本文录自《李太白文集》卷三十《杂题》,共四则,此为其二。篇末注引《方舆胜览》云:"象耳山在眉州彭山县,有太白书台,有石刻留题云云。"
◎ 李白,字太白,唐绵州昌隆(今四川江油)人。

江上的笛声

[念楼读]

　　一个秋天的晚上，李牟在瓜洲江边的一艘小船上，吹起了他的笛子。

　　船只很小，却坐满了人，停泊在渡口上的船又多，所以船内船外都充满着嘈杂的声音。可是嘹亮的笛音一起，发声的人们立刻便静了下来。

　　笛音不仅使人觉得悦耳，好像还带来了丝丝凉意，有如从江上轻轻吹过的清风，驱散了烦嚣和郁闷。

　　吹奏的曲调，渐渐由婉转变为凄凉。这时所有的听众，包括邻船上的客商和水手，都沉浸在哀伤之中，有的低头垂泪，有的忍不住哽咽抽泣……

[念楼曰]

　　在我的印象里，古人听音乐，写的诗不少，写得好的也多。白居易听琵琶，韩愈听琴，李颀听琴听胡笳听筚篥，精彩的句子至今还能背诵得出。可是用散文写音乐，尤其是像这样着重写音乐在听众心里引起的感受的，我却极少读到。一直到后来白话文登场，才有《红楼梦》第八十七回和《老残游记》第二回那样的描写。这情形和看图画不同，题画的诗虽多，却难得比过韩愈《画记》和郑板桥题画的文字。这是什么缘故呢？真希望学美学的朋友们能讲出点道理来。

李牟吹笛

李 肇

李牟秋夜吹笛于瓜洲。舟楫甚隘。初发调.群动皆息。及数奏.微风飒然而至。又俄顷.舟人贾客皆有怨叹悲泣之声。

[学其短]

- 本文录自李肇《国史补》，原无题。
- 李肇，字里居，唐赵郡赞皇（今属河北石家庄）人。
- 瓜洲，扬州往江南必经的渡口。

习　字

[念楼读]

　　苏子美谈起习字的乐趣，窗户要通明透亮，桌子要干干净净，纸笔墨砚都得选用最精良最好的，这时写起字来便会有一种特别的感觉，觉得这真是生活中很快乐的事情。

　　他说得不错。但那样的条件恐怕不是人人都能办到的。如果不必有条件，或虽有条件却受到外界干扰，仍能从习字中得到真正的乐趣，那就更加难得了。

　　我进入晚年后，才慢慢尝到这种乐趣。只恨字总是写不好，难以达到古人的境界。但我本就没有这样的奢望，只求自得其乐，所以感觉也还不错。

[念楼曰]

　　这是欧阳修习字留下的"试笔"，是苏辙收集保存下来的，连它在内共有几十件。苏轼跋云：

　　　　此数十纸，皆文忠公冲口而得，信手而成，初不加意者也。

　　其文采字画，皆有自然绝人之姿，信天下之奇迹也。

　　此"初不加意、信手而成"的试笔，其实并不比这位唐宋八大家之一的正经文章差。

　　文中对于明窗净几并无贬斥之意，审美也是需要条件的嘛，要紧的是应将个人内心修养看得比外部条件更重要。若能做到"不为外物移其好"，那就即使"初不加意"，也能写出字写出文章来。能不能"到古人佳处"不必管，能够自得其乐便好。

学书为乐

欧阳修

苏子美尝言明窗净几,笔砚纸墨皆极精良,亦自是人生一乐事。能得此乐者甚稀,其不为外物移其好者又特稀也。余晚知此趣,恨字体不工,不能到古人佳处,若以为乐,则自给有余。

[学其短]

- 本文录自《欧阳文忠全集》卷一百三十《试笔》。
- 欧阳修,字永叔,谥文忠,北宋吉州庐陵(今江西吉安)人。古文唐宋八大家之一。
- 苏子美,名舜钦,北宋绵州盐泉(今四川绵阳)人。

怨 华 年

[念楼读]

  我作词喜欢自己配曲，不喜欢照着现成的词谱来"填"；总是先写词句，句式长短不受拘束，然后再谱曲。既然上下片的句式未必全同，谱成的曲调也就不一定简单地重复了。

  起意作这首词，则全是因为在《枯树赋》中读了桓温老来重见昔年所栽柳树时说的话：

> 当年我栽小柳树，嫩叶柔条依依在身旁。
> 今日重来看柳树，枯枝败叶摇落向秋江。
> 柳树啊你都老了，我又怎能禁得这风霜。

这些话流露出人生无常的感伤，深深地打动了我，使我的心情久久不能平静，想要写。

  于是便写了这首《长亭怨慢》。

[念楼曰]

  王国维说："古今词人格调之高，无如白石。"白石的词，一是格调高，如"数峰清苦，商略黄昏雨"，"二十四桥仍在，波心荡，冷月无声"，真如张炎所评，似"孤云野鹤，去留无迹"。二是情思深，就像这首《长亭怨慢》中的警策，也是全篇的主题：

> 阅人多矣，谁得似，长亭树？
> 树若有情时，不会得青青如此。

这不只是共鸣，不只是因老桓温说"树犹如此"生发的感慨，更是从自己身世飘零，联想到阅人多矣的长亭树，树未必有情，故得青青如此，而人不能无情，就只能哀怨华年易逝了。

长亭怨慢小序

姜 夔

予颇喜自制曲．初率意为长短句．然后协以律．故前后阕多不同．桓大司马云．昔年种柳依依汉南．今看摇落凄怆江潭．树犹如此人何以堪此语余深爱之．

[学其短]

◎ 本文录自姜夔《白石道人歌曲》卷四。
◎ 姜夔，字尧章，号白石道人，南宋饶州鄱阳（今属江西）人。
◎ 桓大司马，即桓温，东晋权臣，晋明帝的女婿。
◎ "昔年种柳"六句，引自庾信《枯树赋》。

我爱独行

[念楼读]

　　每次进京会试，我总是独往独来。因为旅行也是个人的生活，如果随行结伴，总不免要迁就别人，委屈自己，这是我很不乐意的。杜甫诗云：

　　　　眼前无俗物，多病也身轻。

宁愿生病，也不愿跟气味不相投的人行走在一起。老杜若是还在，和我倒也许会有共同的语言。

　　此次从瓜洲渡大江，船上未载旁人，四顾茫茫，江天尽归眼底，畅快至极。接着走运河，过浒墅关，尽管有风有雨，秋气已深，却凭栏饱看了太湖山色，远近高低，相映成趣。不劳腿脚，便可游山，也算不虚此行了。

[念楼曰]

　　归有光嘉靖十九年（庚子，1540年）中举后，一连八次进京会试均不利，直到六十岁才成进士。本文为其《己未会试杂记》中的一则，己未即嘉靖三十八年（1559年），这次又是铩羽而归，而心情潇洒、夷然不屑的神态自然流露，正可喜也。

　　此时归氏文名已重江南，应试的"文章"却仍然难得合格。可是眼前的"俗物"，却一个个都先他跳进龙门，春风得意了。考试衡文的标准，从来便是靠不住的。

　　我喜欢归氏的文章，觉得《先妣事略》《项脊轩志》《寒花葬志》都可读。他虽被称为"唐宋派"，其实已经走出"八大家"的范围，个人色彩渐浓，已开晚明风气。

归程小记

归有光

予每北上,常翛然独往来.一与人同.未免屈意以徇之.殊非其性.杜子美诗.眼前无俗物多病也身轻子美真可语也.昨自瓜洲渡江四顾无人独览江山之胜.殊为快适.过浒墅风雨萧飒如高秋.西山屏列远近掩映凭栏眺望亦是奇游.山不必陟乃佳也.

[学其短]

◎ 本文录自归有光《震川先生别集》卷六,原无题。
◎ 归有光,字震川,明昆山(今属江苏)人。
◎ 眼前无俗物二句,见于杜甫(子美)诗《漫成二首》,通行本作"眼边无俗物"。

日长如小年

[念楼读]

　　天上没有起半点风。屋前屋后那些长得高高的竹子,枝叶动也不动。……不知从哪里飞来一只斑鸠,在外边叫起雨来。几声啼呼,使四周显得更加寂静。

　　我在屋子里静静地坐着,默默面对着送上来的茶点,闻着窗外野花的淡淡的香。

　　过了些时,从竹阴外又传来了鸟儿的对唱,这比斑鸠那紧迫的啼声听起来舒服得多,简直可以说是天然的音乐。我听它听得入了神,守坐在茶炉旁的童儿,却将头靠在屏风上睡着了,偶尔发出细小的鼾声。

　　此时的我,觉得从自己心中,到屋子内外,到能够感知的周围的世界,全都消除了纷扰和烦忧,连时间都仿佛变慢了。宋人云,山静似太古,日长如小年,可不是吗。

[念楼曰]

　　晚明小品写闲适,曾被骂为反动。此文是写闲适的一个例子,我却看不出多少反动来。

　　人生当然须尽责任,但片刻安闲偶求舒适恐怕也是正常的需要。纯粹文人往往更看重精神上的宁静,追求闲适实在无可厚非,因为他们在闲适过后也还要用心写文章。

　　当时大骂闲适的人,住着洋房,养着二太太,吸着茄立克(Garrik,香烟品牌),其闲适的程度,较之静坐听鸟叫的,其实不知高出了多少倍。

此坐

张大复

一鸠呼雨，修篁静立，茗碗时供，野芳暗度。又有两鸟呖嘤林外，均节天成。童子倚炉触屏，忽鼾忽止。念既虚闲，室复幽旷，无事此坐，长如小年。

[学其短]

◎ 本文录自张大复《梅花草堂笔谈》卷二。
◎ 张大复，字元长，晚明昆山（今属江苏）人。
◎ 宋人唐庚《醉眠》诗："山静似太古，日长如小年。"

夜 之 美

[念楼读]

　　夜里偶然起床，估计已是三更时分。河水悄悄地涨近了岸边，从岸上下垂的藤萝，几乎接触到了流水。皎洁的月亮高挂在空中，又大又明。轻风在树梢间滑行，几乎没发出一点音响。四周再不见有人活动，点缀着一片寂静的，只有偶尔从远处村落中传来的几声狗叫，再就是在附近停泊的渔船旁，间或有鱼儿跳水。曳着碧光的萤虫，在近水处乱飞……

　　我完全沉浸在这无垠的寂静之美中。

[念楼曰]

　　《甲行日注》始作于甲申明亡之后的乙酉年（1644年），是遗民的作品，极富黍离麦秀之感，如"故乡风景半似辽阳以东矣，但村人未吹芦管耳"之类描写，多不胜举，但也并非除此便不写别的了。知堂在介绍此篇时说：

　　　　清言俪语，陆续而出，良由文人积习，无可如何，正如张宗子（张岱）所说，虽劫火猛烈烧之不失也。

　　作者叶天寥在国破之前即已家亡。他的女儿小鸾是有名的才女，不幸早逝，夫人沈宛君也因哭女去世。叶氏曾在工部当官，主管修治京师城墙、河道，在别人是发财的好机会，他反而在任期内卖掉了家产十分之八，弄得夫人死了棺材钱都付不出，店主来诟厉不止，他"惟有号泣旁皇而已"。会写文章的人不会有钱，从叶氏看确实如此。

夜中偶起

叶绍袁

夜中偶起,似可三更时分也。洑流薄岸,颓萝压波。白月挂天,蘋风隐树。四顾无声,遥村吠犬,渔榛泼剌,萤火乱飞。极夜之幽趣矣。

[学其短]

◎ 本文录自叶绍袁《甲行日注》卷六,此为丁亥七月十七日所记,原无题。
◎ 叶绍袁,字仲韶,别号天寥道人,明末吴江(今属江苏)人。
◎ 洑流,吴江近太湖,湖西有一条洑河,"洑流"应指洑河之流,不像是说回流之水,更不会是地下河。

老　年

[念楼读]

老年人干什么都没劲，想干的也干不动。动笔想写写字吧，还没写得两三行，眼皮就开始发黏，渐渐用力睁也难得睁开了。

倒是哪里有打花鼓唱"三倒腔"的，去跟村里的老汉们一同挤坐在板凳上，听听《飞龙闹勾栏》什么的，还多少有些兴趣，可以打发时光。

姚大哥说十九日请听戏，想他一定会割两斤肉，烙几张饼，时新瓜菜更不会少，又有吃的又听唱，岂不甚妙。但不知他是不是真的会来请，若到十七、十八还没动静，就上红土沟去，弄碗大锅粥喝喝也好。

[念楼曰]

傅青主的学问、文章、医道，都极有名。康熙时对明遗民搞"统战"，开"博学宏词科"，指名要他去赴试，他装病拒绝，又哪里会是同村老汉坐板凳看社戏的角色。盖正如他在另一篇文章中所云，"处乱世无一事可做"，故而如此，悲哉悲哉！

但他这样写这样做，亦非故意做作，而是达人至性的流露。其向往姚大哥的烧饼煮茄，正好像日本俳人小林一茶在等邻人送来的年糕，他有一首著名的俳句：

　　来了罢来了罢的等了好久，饭同冰一样的冷掉了，年糕终于不来。

是皆能不失其赤子之心，远不是一心等通知开会的某些人所能企及的。

失题

傅山

老人家甚是不待动书两三行睇如胶矣.倒是那里有唱三倒腔的和村老汉都坐在板凳上听甚么飞龙闹勾栏消遣时光.倒还使的姚大哥说十九日请看唱割肉二斤烧饼煮茄尽足受用不知真个请不请.若到眼前无动静便过红土沟吃碗大锅粥也好.

[学其短]

◎ 本文录自傅山《霜红龛集》卷二十三。
◎ 傅山,字青主,明清之际山西阳曲人。
◎ 三倒腔,当时当地的一种民间戏曲,《飞龙闹勾栏》应是其演出的节目之一。旧小说有《飞龙全传》。

在秋风里

[念楼读]

　　洞庭湖上看君山,每个人都有不同的感受。

　　在孟浩然心目中,昔时云梦泽,今日洞庭湖,八百里浩荡波涛,是在拍打着千年历史的节奏,居然能"撼"动岳阳城。

　　杜甫的眼界更宽,吴楚东南,乾坤日夜,大地和湖海充分体现了空间的广大,时间的久远,人只是"浮"在其中的一小点,欲求无限又是多么不易。

　　我最羡慕的还是李白。"水晶盘里一青螺"明明为万顷平湖生了色,却偏要"划"去它,竟要让长流天地之间的全都是水,全都是酒,让"巴陵无限酒,醉杀洞庭秋"。这才是真正的酒人,真正的诗人。

　　我来看湖山,正值秋时,西风吹起了一湖浊浪。从烟雾迷茫中望去,君山只见几点隐隐约约的影子,出没在湖水之中。满目萧然引起了满怀惆怅,我不禁低声唱起了《湘夫人》的歌:

　　　　帝子降兮北渚,目眇眇兮愁予……

终于自己也作了几句:

　　　　秋风吹起这一湖的水,遮住了半个蓝天,
　　　　望不见湘娥黛髻青鬟,只有这斑斑几点。

[念楼曰]

　　浮山愚者本是风流倜傥的明末四公子之一,如今成了亡国遗民。是啊,哪里还有他的湖山,他的天地呢?

洞庭君山

方以智

浩然之撼,杜陵之浮,何如太白之划耶。愚者尝作词曰:竟把青天埋在秋风浪里,眇眇愁予斑斑点点而已。

[学其短]

◎ 本文录自方以智《浮山文集》。
◎ 方以智,字密之,别号浮山愚者,明清之际桐城人。
◎ 浩然之撼,孟浩然诗"气蒸云梦泽,波撼岳阳城"。
◎ 杜陵之浮,杜甫诗"吴楚东南坼,乾坤日夜浮"。
◎ 太白之划,李白诗"划却君山好,平铺湘水流"。
◎ 眇眇愁予,《九歌·湘夫人》句"帝子降兮北渚,目眇眇兮愁予"。

燕子来时

[念楼读]

　　去年燕子来时，园内的桃花已经开老，残红遍地了。也许因为迟到的关系，它们的巢造得比较匆忙，附着在梁间不够牢固，有天夜里忽然倾侧，幼雏掉到了地下。妻怕小狗来伤害，连忙将其捧起，小心呵护，又将倾侧的泥巢扶正，在下面钉些竹片加固，然后使小燕子回巢。

　　今年燕子来时，桃花正在盛开，它们的旧巢仍在，妻却不在了。再也没有人和我并肩携手，看双燕在花里轻飞，听它们在梁间私语了。

　　归来的燕子啊，你们不断地绕屋飞鸣，不断地穿帘入户，恐怕也是在苦苦寻觅，寻觅那曾给你们温存照拂的贤惠的女主人吧！

[念楼曰]

　　　　去年燕子来，绣户深深处。花径得泥归，都把琴书污。
　　　　今年燕子来，谁共呢喃语。不见卷帘人，一阵黄昏雨。
　　燕子从来寄托着人们的感情。它们岁岁还巢，和人同住，却不是贪图豢养或迫于羁锁，而是自由地选择，所以特别受到珍重。

　　其实还巢不过是候鸟的本能，但在见惯世事沧桑、人情冷暖的人们心目中，却成了念旧和守信的象征。尤其在哀悼亲人或遭际乱离，感到无常之痛时，见到比翼双飞的归燕，当然更会"记得去年门巷"，产生出"谁共呢喃语"的深深惆怅。

　　人是多么的软弱，多么的需要安慰。

念亡妻

蒋　坦

去年燕来较迟,帘外桃花已零落殆半。夜深巢泥忽倾堕雏于地,秋芙惧为獝儿所攫,急收取之,且为钉竹片于梁以承其巢。今年燕子复来,故巢犹在,绕屋呢喃,殆犹忆去年护雏人耶。

[学其短]

◎ 本文录自蒋坦《秋灯琐忆》,原无题。
◎ 蒋坦,字蔼卿,清钱塘(今杭州)人。
◎ 秋芙,作者的亡妻,姓关名锳,能诗词。

一年容易

[念楼读]

七月秋风起,枣树上挂的果渐渐变红,架上的葡萄也越来越现紫了。到月底这两样便开始上市,在水果摊子上总挨在一起,紫紫红红,十分好看。

小贩们叫卖吆喝,本是市声中热闹的分子,可是在秋风中听起来,不知怎的却似乎带着一种凄凉。尤其在自己心情不好的时候,它会使你想起,一年容易,又是秋天了。

[念楼曰]

《燕京岁时记》一卷,刻于光绪丙午(1906年)即清亡前五年。1935年有了 Derk Bedde(卜德)的英译本,名 *Annual Customs and Festivals in Peking*。1941年又出了小野胜年的日译本,名《北京年中行事记》。用知堂的话来说,"即此也可见(其)为有目者所共赏了"。

20世纪60年代初我在长沙市上拖板车的时候,曾经花三角九分钱,买过北京出版社将它和另一种书合印的一册。这次选录,即用此本。

文中说到小贩的吆喝"音韵凄凉",这在同年蔡省吾所编的《一岁货声》中也有记录。叫卖葡萄的还较单纯:

约(哟),干葡萄来!

叫卖枣便差不多是一首儿歌了:

枣儿来,糖的咯哒(疙瘩)喽!

尝一个再来买哎!一个光板喽!

枣儿葡萄

富察敦崇

七月下旬则枣实垂红,葡萄缀紫。担负者往往同卖。秋声入耳,音韵凄凉,抑郁多愁者不禁有岁时之感矣。

[学其短]

◎ 本文录自富察敦崇《燕京岁时记》。
◎ 富察敦崇,字礼臣,满族,自清入民国都居住在北京。

哀祭文十一篇

简短的悼词

[念楼读]

　　某年某月某日，韩愈请老同事某某专备酒菜，祭奠从四川老远来到本州当一名小官的房君。

　　房君啊，你竟在此时此地和我们永别了吗？我又有什么话好说，还能用什么话来安慰你呢？

　　天地鬼神，如若有灵，请来作证：只要我还活在这世上，就请不要担心你的遗属，安心地远行吧！

　　房君啊，你听到我的话了吗？

[念楼曰]

　　古之祭文，即今之悼词。古今都有依例不能不写的祭文或悼词，如韩愈之对这位"五官蜀客"，只因为他是新死去的属吏，便不能不派人"以酒肉之馈"去一祭。但文章高手写出来的东西，总能够表达出一份人情，读来也低回有致，虽然只有短短的六十余字。

　　如今死了人，一般都不大会在本单位开追悼会，而是往公共场所去开会听悼词。讲老实话，除了老朋友，我是很少去参加这类追悼的，原因之一便是悼词总是冗长枯燥，听得厌烦，反而怕对亡人不敬。

　　如果机关单位人事处、老干办管去世者后事的人，能多读几篇像这样的祭文，至少可以学得将文辞写得短一些，让大家少站些时候。

祭房君文

韩 愈

维某年月日，韩愈谨遣旧吏皇甫悦，以酒肉之馈展祭于五官蜀客之柩前。呜呼君乃至于此。吾复何言。若有鬼神。吾未死。无以妻子为念。呜呼君其能闻吾此言否。尚飨。

[学其短]

◎ 本文录自《全唐文》卷五百六十八。
◎ 韩愈，字退之，唐河阳（今河南孟州人），古文唐宋八大家之一。

悼横死者

[念楼读]

　　某年某月某日，湖州刺史杜牧，派本州军事部门官员徐某，致祭于遇难辞世的龚秀才之灵前。

　　死是人生的痛苦之极，肢体遭残，不幸短命，更是死亡的痛苦之极。何以至此，竟是不明不白，或说是前世冤孽，或说是出于偶然。唉，你是多么不幸啊！

　　你思念的家乡在哪里？你眷恋的亲人在何方？都不必多想了吧。卞山的朝阳之处，也可以长眠，你就在此处安息了吧！

[念楼曰]

　　这也是一篇"因公"而作的祭文，却写得文情并茂，"三生杜牧之"真是不凡。

　　死者"乡里何在，骨肉何人"都不清楚，无非是一位行旅中的秀才。"折胫而夭"，看得出是横死，死于意外的事故，死者的年龄也不大。青年人之死，本来更易引起同情和无常之痛；而作为一州之长的杜牧，亲自为之营葬致祭，除了履行公务职责之外，诗人的爱心肯定也起了作用。

　　古代地方政府当然是专制统治的机关，但也有抚恤流亡、收葬路死的传统，社会救助也能够得到政府的支持。太守即使不是杜牧，龚秀才的尸体也还是不会暴露的，至于祭文写不写得这样好，那就难说。

祭龚秀才文

杜 牧

维大中五年岁次辛未五月朔二日，湖州刺史杜牧谨遣军事十将徐良，敬致祭于故龚秀才之灵。死者生之极，折胫而夭，复死之极，言于前定莫得而推。出于偶然魂其冤哉，乡里何在骨肉何人，卞山之南可以栖魂，呜呼哀哉伏惟尚飨。

[学其短]

◎ 本文录自《全唐文》卷七百五十六。
◎ 杜牧，字牧之，晚唐京兆万年（今西安）人。

求 止 雨

[念楼读]

久雨成灾，危害极多；这修城墙的工程，您却不能不管啊！

修城已经投入六万九千工，一千三百石米也已吃空；这雨若不止就只得停工，修好了的城墙也得返工。

我只能管人，不能管雨；天上的事，还得天上的神祇做主。

求城隍神快快显灵，让天公停雨放晴。工程能早日完成，您和我就是造福于民。

[念楼曰]

祭文是要当众宣读的，尤其是祭神祇，为民祈福或者求免，参加祭典的人多，旁观者更盛，更宜读得铿锵婉转，效果才会更好，所以这种祭文押韵的多。通常的地方官，大都只照老套子炮制了事，祭城隍有祭城隍的，祭龙王有祭龙王的，求降雨有求降雨的，求止雨有求止雨的，不会为难。

欧阳修当然不是通常的地方官，一篇祭城隍神文，别人不知念过多少遍了，都是照葫芦画瓢，到了他手里，却成了非常个性化的创作，这便是高手与凡夫的差别。

欧阳修求神止雨，完全从此时此地的实际情况出发，因为久雨严重影响了城墙工程；他又不像别人，只知千篇一律地向神讲奉承话，而是"敢问雨者，于神谁尸"，提醒神有神的责任。神而有灵，对他这位有水平的"吏"，恐怕也不能不买账。

祭城隍神文

欧阳修

雨之害物多矣.惟城者神之所职.不敢及他.请言城役用民之力六万九千工.食民之米一千三百石.众力方作.雨则止之.城工既成.雨又坏之.敢问雨者于神谁尸.吏能知人不能知雨.唯神有灵.可与雨语.吏竭其力.神佑以灵.各供厥职.无愧斯民.

[学其短]

◎ 本文录自《欧阳文忠全集》卷四十九。
◎ 欧阳修,见第 7 页注。

悲愤的两问

[念楼读]

您就像文彦博,因为"诋毁先烈",不能不退居二线;又像司马光,因为"诬谤先帝",不能不被取消荣誉头衔;又像与秦太师政见不合的赵鼎,不能不降职降级,贬谪岭南;最后则像遭疑忌的寇准,不能不死在遥远偏僻的远地。

怨只怨老百姓没有福气,怨只怨老天爷没有主张。世上如果没有了像您这样的人,又有谁能将您的志业继续下去?世上如果还能出现像您这样的人,又有谁能够等到那一天呢?

[念楼曰]

这篇祭文的写法独特,前四句提到四位本朝前辈大臣,都是道德文章俱好,却在政治上遭到打击,受过不公正待遇的。用他们来和祭吊的吴潜相比,不作结语,为抱不平的意气却跃然纸上。"尔民无禄,岂天厌之,呜呼"一转,后四句连发两问:"后世而无先生乎?""后世而有先生乎?"痛失了先生,也就是痛失后世,痛失国家的希望了。

和前四篇"因公"而作的祭文不一样,这一篇祭吊的是作者的朋友,不仅仅是朋友,而且是思想上的知己、政治上的同道。最后的两问,充分表达了对失去朋友、知己、同道的悲痛和愤激。

祭吴先生履斋

季 芑

潞公不能不疏.温公不能不毁.赵忠简不能不迁.寇莱公不能不死.尔民无禄.岂天厌之.呜呼.后世而无先生者乎.孰能志之.后世而有先生者乎.孰能待之.

[学其短]

◎ 本文录自叶楚伧编《历代名人短笺》。叶楚伧,名宗源,号卓书,清末吴县(今苏州)人。

◎ 吴履斋,名潜,南宋理宗时遭贬谪死于岭南。

◎ 季芑,号菊岩,南宋理宗时人。

◎ 潞公,文彦博封潞国公。

◎ 温公,司光封温国公。

◎ 赵忠简,赵鼎,谥"忠简"。

◎ 寇莱公,寇准封莱国公。

无言之痛

[念楼读]

　　西山君的灵柩，终于从流放地——遥远的道州回乡了。得知消息以后，特地在家里办了这点酒肴，来灵前致祭，请接受我这个老朋友的吊唁。

[念楼曰]

　　蔡元定比朱熹小五岁，据《宋史》记载：

　　　　（元定）闻朱熹之名，往师之。熹扣其学，大惊曰："此吾老友也，不当在弟子列。"遂与对榻讲论诸经奥义，每至夜分。四方来学者，熹必俾先从元定质正焉。

从此蔡便成了朱熹最推重的人、最好的朋友。

　　南宋时，士大夫论政之风正盛，门户派别之争激烈。朱、蔡等人，居官讲学比较方正，不肯苟同于邪僻的韩侂胄之流，于是韩侂胄当权以后，便指责朱熹等人"文诈沽名"，要治他们"伪学之罪"。庆元中朱熹被劾落职，蔡受牵连也被流放到道州（古春陵），就死在那里了。

　　蔡的灵柩从道州运回建阳，朱熹侨居于此，前往吊唁，心中有话不敢说，只写了这寥寥四十字的哀辞。

　　韩侂胄当权十三年，封平原郡王，位居左右丞相上。他说反"伪学"，却未进行任何学术讨论批评，搞的全是政治上的排斥异己。

　　朱熹这几句平淡无奇的话，包含着对政治压迫的深深的悲愤，包含着强烈的无言之痛，足以引起后世的深思。

祭蔡季通文

朱 熹

窃闻亡友西山先生蔡君季通羁旅之槟.远自舂陵言归故里.谨以家馔只鸡斗酒酹于灵前呜呼哀哉.

[学其短]

◎ 本文录自《朱子大全》卷第八十七。
◎ 蔡元定,字季通,南宋建阳(今属福建)人,人称西山先生。
◎ 朱熹,字元晦,南宋婺源(今属江西)人。

不 敢 出 声

[念楼读]

　　宁愿我死一百次,只要能将你从冥国唤回。眼泪如泉水涌流,因你竟匆匆先我而逝。相隔既远,我又衰老,不能执手相送,只有魂梦相寻。愿你死而有知,接受我心香一瓣。

[念楼曰]

　　前一篇文章,是朱元晦(熹)祭悼蔡季通(元定);这一篇文章,是陆游祭悼朱元晦。前后相隔,不到三年,祭悼者便成了被祭悼者。

　　蔡元定和朱熹,都是被韩侂胄一党戴上"伪学"帽子,遭打击受委屈的人。他们奏劾朱熹有不孝母、不敬君、不忠国、侮朝廷、结私党、坏圣像六大罪,和"诱引尼姑二人以为宠妾"等劣行,使被褫职,并将蔡元定"追送别州编管",两人至死都没能"平反改正"。因为如此,故叶绍翁《四朝闻见录》云:

　　　　陆公之祭(朱)文公,文公之祭蔡君,俱不敢以一字诵其屈,盖当时(韩党)权势熏灼,诸贤至不敢出声吐气,惟以目相视而已。

　　"不敢出声吐气,惟以目相视而已。"这样的情形,年纪老者在国民党或日本侵略者统治下,大概总经历或见到过的吧,但愿它永远成为过去才好。

祭朱元晦侍讲

陆游

某有捐百身起九原之心，有倾长河注东海之泪。路修齿髦，神往形留，公殁不亡，尚其来飨。

[学其短]

◎ 本文录自陆游《渭南文集》卷四十一。
◎ 陆游，字务观，号放翁，南宋山阴（今绍兴）人。
◎ 朱元晦，即朱熹。

无人对饮了

[念楼读]

　　你刚走十天,夫人也走了,只留下孤身老母存活在世上。面对如此惨况,即是泥塑木雕的偶人,亦不可能不难过,何况平生至交的好友。

　　老友啊,还记得过去喝酒时,你我总是埋怨酒少不够喝吗?此刻这满满一杯,你却再不能一饮而尽了,我的老友啊!

[念楼曰]

　　人过中年以后,老朋友的丧失,确是令人十分难过的事情。

　　在社会生活中,人与人间结合成各种关系,有自然的关系,有经济的关系,有政治的关系……既成关系,即有义务、有权利,均不免牵涉功利。唯有朋友关系,在本质上是超越利害的,所以最纯洁,最值得珍惜。

　　刘克庄是著名词人,感情充沛,且善于表达。他写的这篇祭文充分表现了这种悲痛的感情,具有很强的感染力。虽然简短,却不空泛。"昔与公饮,常恨酒少;今举此觞,公不能釂。"酒友已逝,虽举杯亦无人对饮了。有形象、有细节的描述,更能看出生死的交情。他还有一首怀念亡人的《风入松》词,虽未必是写方孚若的,亦可参看:

　　　橐泉梦断夜初长,别馆凄凉。细思二十年前事,叹人琴,已矣俱亡。改尽潘郎鬓发,消残荀令衣香。　　多年布被冷如霜,到处同床。箫声一去无消息,但回首,天海茫茫。旧日风烟草树,而今总断人肠。

祭方孚若宝谟

刘克庄

公殁浃旬，小君偕逝，高年老母茕然独存，语之土木犹当流涕，况平生交友之情哉。呜呼！昔与公饮，常恨酒少，今举此觞公不能釂。呜呼哀哉！

[学其短]

◎ 本文录自王符曾辑《古文小品咀华》。
◎ 刘克庄，号后村，南宋莆田（今属福建）人。

送别老臣

[念楼读]

　　我当太子，您是我的先生。
　　我即位后，您是我的大臣。
　　我刚过江，便听说您寿终。
　　哎呀，这是多么叫我伤心。

[念楼曰]

　　帝王专制下，君臣之分极严，即使彼此能够相安，也很难产生、更难保持正常的人与人之间的感情。

　　但是在明清两朝，大臣死了，皇帝赐祭并前往（也可以派人代表）致祭，却成了一种礼仪规矩。往致祭自然得读祭文，通常都由文臣代笔。正德十四年（1519年）冬武宗南巡，次年秋靳贵死于丹徒，帝拟亲临其丧，命文臣撰祭文，都不满意，便自己动手写了这一篇。

　　无论在历史上还是在舞台上，正德都是一个酒色皇帝，"豹房"中的胡作非为，"梅龙镇"上的游龙戏凤，他给人留下的印象很糟；但给老臣的这篇祭文却写得简而有致。我读文章从不因人废言，所以还是将其选入了本书。

　　靳贵，丹徒人，曾侍东宫（教太子读书），正德九年（1514年）以礼部尚书兼文渊阁大学士，故称"阁老"。在阁三年，无所建白，致仕归。但此人据说学问还好，当师傅时应该还是尽职的。

　　正德皇帝游江南，名义上说是"御驾亲征"造反的宁王朱宸濠，其实"朕今渡江"时，王守仁早就消灭反叛，抓住了宁王。

祭靳贵

明武宗

朕在东宫先生为傅.朕登大宝先生为辅.朕今渡江闻先生讣.哀哉尚飨.

[学其短]

◎ 本文录自叶楚伧编《历代名人短笺》。
◎ 明武宗,即正德帝朱厚照。
◎ 靳贵,明丹徒(今属江苏)人。

生死见交情

[念楼读]

　　古人道,"一个高官一个平民,才看得出交情",您对我不正是这样的吗?"一个死了一个活着,才分得出厚薄",我现在也是这样来做的,相爷啊,您知道吗?

[念楼曰]

　　《史记》有这样一个故事:始翟公为廷尉(主管刑狱的大官),宾客阗门;及废,门可罗雀。翟公复为廷尉,宾客欲往,翟公乃大署其门曰:

　　　　一死一生,乃知交情。

　　　　一贫一富,乃知交态。

　　　　一贵一贱,交情乃见。

顾仲言深感于翟公这番话,不愿做反复的势利小人。到刑场去祭奠被斩决的夏言,在专制的时代是不容易做到的。

　　夏言是一个先登九天后沉九渊的典型。嘉靖皇帝先是重用他,特赐"学博才优"银章,加上柱国,后来一怒又撤他的职。撤而复用,用而复撤,反复了好多次,终于在严嵩的构陷下将他杀掉了。

　　夏言当政时,曾识拔许多人,包括顾仲言。杀头时无人敢往送别,除了这个顾仲言。

　　正如鲁迅所云,中国少有敢于为被处死者抚尸痛哭的吊客。因为这一点,所以选读了这一篇。

刑场祭夏言

顾仲言

古人曰:一贵一贱,交情乃见.太师有焉.一死一生乃见交情.余小子何多让焉.呜呼哀哉尚飨.

[学其短]

◎ 本文录自叶楚伧编《历代名人短笺》。
◎ 顾仲言,明松江(今上海)人。
◎ 夏言,号桂洲,明贵溪(今属江西)人。

带笑而死

[念楼读]

不昧良心,不贪惬意。

安于平庸,逢场作戏。

活了九十年,并不太惭愧。

生前同大家快快活活,死后愿留下一团和气。

[念楼曰]

自祭文、自为墓志铭其实应该属于绝笔、遗嘱一类。我曾经想将这类文字选编为一集,名叫《人之将死》,也是很有意思的。那倒不必限于百字短文,张岱的《自为墓志铭》有一千多字,却非选不可。

外国好像没有埋入地下的墓铭,却有自撰碑铭刻在墓石上的。写《老人与海》的美国大作家海明威,于1961年7月2日以猎枪自杀,事先为自己准备的碑文也写得又短又好,是专门写给到墓地上去吊唁他的朋友们看的,特别俏皮:

请原谅我不起身。

看得出他不是哭兮兮舍不得,也不是气冲冲咬着牙,而是心平气和,甚至还带上几分幽默感告别人生的,王象晋亦近之。

王象晋的父亲王之垣官侍郎,哥哥王象乾官至太师。他自己却淡于名利,中年即退居林下,著《群芳谱》《欣赏编》,是一个爱生活会生活的人,故能"含笑而长逝"。

自祭文

王象晋

不敢丧心，不求满意，能甘淡泊，能忍闲气。九十年来于心无愧，可偕众而同游，可含笑而长逝。

[学其短]

◎ 本文录自叶楚伧编《历代名人短文笺》。
◎ 王象晋，字荩臣，明新城（今山东桓台）人。

哭宋教仁

[念楼读]

　　与君七载同游，忝居一日之长，对君常有愧心。而君之待我，却照顾很多，繁重的事务，常为我分劳。为何年轻的你却先我而去，苍天真是不公呀！

　　被刺身亡之时，你还念着我的名字。若不是两心相通，怎么会濒死还记得万里外的我？我又怎能不一闻凶讯，立刻辞去政府官职，前来为你执绋送行呢？

　　我随身的这点东西，是你说过很喜欢的，仍给你带来，以为纪念。宋君呀宋君，你若有知，请来梦中相见吧！

[念楼曰]

　　文言文写到民国以后，作为通行文体，便快到它最后的日子了。梁启超想与时俱进，他的文言文努力现代化，"新民体"一时大受欢迎，但终究无法和胡适、陈独秀提倡的白话文竞争。章炳麟坚持作古文，写出来的文章，和汉魏六朝文无大差别，大众认为难懂，读者自然越来越少。

　　文言文是两千年来"言""文"分离的结果，比起拼音文字来，它确实难学些。但有弊亦有利，利就是它稳定，汉唐人写的文章，明清人阅读运用毫无困难；北方人写的文章，闽粤人阅读运用亦无困难。时至今日，"文革"时的语言都不大使用了，古人包括章炳麟的文章却还可看，学点它的长处。

宋渔父哀辞

章炳麟

炳麟不佞七年与君子同游钓石之重。凤所推毂如何苍天前我名世殂殁之夕。犹口念鄙生非诚心相应胡而相感于万里哉即日去官奔丧躬与执绋拜持羽扇君所好也若犹有知当见颜色。

[学其短]

◎ 本文录自《章太炎文集》。
◎ 章炳麟，号太炎，浙江余杭人，著名反清活动家，学者。
◎ 宋渔父，名教仁，湖南桃源人，中国国民党活动家，1913年被暗杀。

写景文十篇

石 门 山

[念楼读]

　　吴均告病回乡,想寻一处可以亲近草木的地方安家,在梅溪西边发现了石门山,高兴地写信给友人道:

　　石门山的山头高,阳光在谷底停留的时间少。每天的朝晖和落日,将峰头和石壁高处照得熠熠生辉,特别好看。山峰间常常缭绕着白云,溪谷中长满了绿色的藤萝草树,风景十分美丽。

　　山中幽静却不岑寂,蝉声、鸟声、猿啼声、流水声……不绝于耳,音调丰富而又和谐,使人听赏忘倦。

　　我非常高兴得到了这个好地方,于是便在此建造了几间房屋。屋的周围,现在正盛开着野菊花,还有结了竹米的竹林。大自然所能赐予人的,在这里几乎全都有了。

　　孔子说,智者喜爱水,仁者喜爱山。我虽非智者仁人,也觉得这话不错。

[念楼曰]

　　绍兴二周(周树人、周作人)都看重魏晋南北朝的文章,盖此时非大一统,思想的活动空间有时得以稍宽,文章也就能多点个性的色彩。从《世说新语》《颜氏家训》和王右军、陶彭泽诸人作品看,也确是如此。

　　但这时流行的骈俪文、对偶句,虽说跟单音又具四声的汉字还相配,我却不很喜欢,所以本书中只选很少的几篇。

与顾章书

吴均

仆去月谢病,还觅薛萝。梅溪之西,有石门山者,森壁争霞,孤峰限日,幽岫含云,深溪蓄翠。蝉吟鹤唳,水响猿啼,英英相杂,绵绵成韵。既素重幽居,遂葺宇其上。幸富菊花,偏饶竹实。山谷所资,于斯已办。仁智之乐,岂徒语哉。

[学其短]

◎ 本文录自《吴朝请集》。
◎ 顾章,吴均的友人。
◎ 吴均,南朝梁吴兴故鄣(今浙江安吉)人。
◎ 石门山,在今浙江安吉县东北。
◎ 仁智所乐,语出《论语·雍也》"智者乐水,仁者乐山"。

徐知诰故居

[念楼读]

　　到扬州后第六天，同王君玉往游寿宁寺，并在寺中用饭，见建筑颇异寻常。问起它的历史，才知此处原是十国时期吴国建都扬州时徐知诰的故居。后来才改为孝先寺。我朝太平兴国年间，又改称今名。

　　因为是帝王的故居，所以屋宇十分壮丽，壁画尤其可观。老和尚说，柴世宗带兵打南唐，攻进扬州后，将此处作为行宫，绝大部分壁画都被粉刷掉了。如今只剩下藏经院壁上的《玄奘西行取经图》，我一见便惊为绝笔，想到柴世宗干的蠢事，心中好久好久都觉得不舒服。

[念楼曰]

　　写景，不必都写自然景色，记述人文史事，有时也很可观，因为能够引起更多的思索。

　　后周世宗柴荣史称明君，将精美壁画一"刷"成白这件事却无法原谅。其动机恐怕不全是灭佛（他曾废天下佛寺三万有余），一定也是为了扫除前朝遗迹、树立自身权威。这在政治斗争中本是常用的手段，不过辣手施之于精美文化，比如拆古建，烧古书……就未免太过。后周二世而亡，不亦宜乎。

　　乾隆修《四库全书》删改古籍，"四人帮"在"文革"中的作为，也与柴世宗所干的差不多，古今同例，都令人切齿。

寿宁寺

欧阳修

甲申,与君玉饮寿宁寺。寺本徐知诰故宅,李氏建国以为孝先寺,太平兴国改今名。寺甚宏壮,壁画尤妙,问老僧云周世宗入扬州时以为行官,尽圬墁之,惟经藏院画玄奘取经一壁独存,尤为绝笔,叹息久之。

[学其短]

◎ 本文录自《欧阳文忠集》卷一二五,原无题。

◎ 欧阳修,见第 7 页注。此文作于扬州。

◎ 君玉,姓王,宋人,《宋史》称"夷门君玉"。

◎ 徐知诰,李后主的祖父李昇,见《逝者如斯》卷第 168 页。

◎ 太平兴国,宋太宗年号。

◎ 周世宗,名柴荣,显德三年(956 年)统兵攻南唐,取扬州。

观 泉

[念楼读]

　　林虑的泉水，又旺又清。今天在西楼上看了元好问来游时所题写的《善应寺五首》，如"百汊清泉两岸花"，"石潭高树映寒藤"，都是写泉的。我也和作了几首。接着便叫人去石潭中捕鱼，捕得了些鲤鱼和鲫鱼，送到席前，还活蹦乱跳着。

　　午后便上船观泉，先往寺观的西面去看泉源。洹水自山西进入林虑山，部分成为地下河，从此处石崖下大股冲出，那势头简直跟济南的趵突泉差不多，流量甚大，水质又清。居民筑堰引流，带动水碓水碾，充分利用了水力。

　　随后又到了龙王庙，这里的泉水迸流得更加汹涌。观赏既久，天色向晚。寺观中派道人用船送来酒菜，醉饱之后，仍回储祥宫歇宿。

[念楼曰]

　　《林虑记游》前一则（庚午）记："至善应，宿储祥宫。"《古今图书集成·山川典·林虑山部·艺文》只收了元好问一首《黄华水帘》，"湍声洶洶转绝壑"，写的也是林虑之水。许有壬登西楼时，看到的则是上引的《善应寺五首》。

　　山水可以激发文思，亦赖文人以传。林虑山现在是不怎么"知名"了，那里腾涌如趵突的泉水也不知怎样了。林县在修红旗渠以后，是否还有"泉出尤怒""清澈尤甚"的景观呢？真想能够前去看看。

林虑记游一则

许有壬

辛未登西楼,和元裕之诗,遣捕鱼,得鲤鲫活跃几席前。午泛舟观泉于宫之西,泉皆洹之洑流,而突出石崖下,腾涌有历下所谓趵突者。清澈尤甚,土人疏导作堰,以激磑碾,为利甚大。登龙祠,祠下泉出尤怒。日已暮,道人载酒于岸以俟,遂醉而归,仍宿于宫中。

[学其短]

◎ 本文录自许有壬《林虑记游》。林虑,今河南林县,境内林虑山有林泉之胜。作者于至元四年(1267年)秋来游,居储祥宫,即文中的"宫"。

◎ 许有壬,字可用,元代汤阴(今属河南)人。

◎ 元裕之,金代诗人元好问,太原秀容(今山西忻州)人,曾数游林虑,集中有《题善应寺》诗。

龙 关 晓 月

[念楼读]

　　先从龙尾关上看过天生桥,便在海珠寺里住下来,等着看苍山八景之一的"龙关晓月"。

　　龙关就是龙尾关。说是关,其实是又高又陡的两座山,中间夹着条窄窄的峡谷。从海珠寺望去,就像一扇巨大的城门开了条缝。人工建造的城关,断无此高大,无此雄奇。

　　破晓之前,西坠的月亮落进峡谷,这"晓月"便入"龙关"了。天未明时更暗,黑黝黝的山体中空一线,大而黄的月亮悬挂其间,仿佛正在进入地下。

　　我和李君对此奇景,都发了诗兴。诗成以后,月亮还挂在那"关"中间,我们却不得不下山了……

[念楼曰]

　　苍山洱海,明朝时候可说是蛮荒之地。杨升庵是正德六年(1511年)的状元,在京城里翰林学士当得好好的,偏要对朝廷大事发表不同意见,结果屁股挨打不说,还被谪戍万里外的永昌(云南保山),终于死在戍所,连想回到桂湖家中落气亦不可得。文人以言得罪至此,五百年后的我们,亦当为之扼腕。

　　但转念一想,若不远戍云南,他又怎能见龙关晓月,怎会写洱海苍山,《升庵集》中又怎得添许多文字?游桂湖时读对联:

　　　　五千里秦树蜀山,我原过客;
　　　　一万顷荷花秋水,中有诗人。

望风怀想,能不依依。

点苍山游记一则

杨慎

二月辛酉,自龙尾关窥天生桥,夜宿海珠寺,候龙关晓月。两山千仞中虚一峡,如排闼然。落月中悬,其时天在地底,中溪与予各赋一诗,诗成而月犹不移,真奇观也。下山乘舟至海门阁小饮。

[学其短]

◎ 本文录自杨慎《点苍山游记》。点苍山在云南大理洱海西,作者谪云南时来游。
◎ 杨慎,字用修,号升庵,明四川新都(今属成都)人。
◎ 中溪,李元阳,字仁甫,明大理府太和县人。

丽江木府

[念楼读]

二月初一，到丽江的第六天。

昨天见到了木公，今天他便派大管事送来见面礼，是白银十两和一些家藏的"黑香"。下午又在解脱林东堂设宴招待，还特地请来一位汉族秀才（姓许，楚雄人）作陪。

按照本地的风俗，设宴的大堂中，地上垫了一层松毛，走上去像铺了地毯。开席时又向客人献礼，礼物是银杯两只、绿色皱纱一匹。

筵席极为丰盛，大菜竟多达八十样。摆在远处的，是些什么珍肴异味，看都看不清。宴会到晚上才结束。还有一桌酒席送给许秀才，他赏给随从听差了。

[念楼曰]

徐霞客活了五十五岁，其游记所叙，始自癸丑，终于己卯。他在这二十七年中（从二十八岁到五十四岁）只做了一件事——游历并写游记。这使他成了千古奇人，他写的游记也成了"千古奇书"（见钱牧斋与毛子晋书）。

徐霞客之游，一不是宦游，二不是商旅，三不是传教，唯一的目的只是为了好奇，费用全靠自己筹措，常常是"肩荷一襆被，手挟一油伞"（赵翼诗），其可贵亦正在此。

《徐霞客游记》重要的价值，是记录自然景观。但本篇叙述丽江民族习俗，"木府"的排场，"木公"对汉文化和文人的尊重，亦富有民族学和社会学的意义。

木公设宴

徐弘祖

二月初一日,木公命大把事以家集黑香白镪十两来馈,下午设宴解脱林东堂。下藉以松毛,以楚雄诸生许姓者陪宴,仍侑以杯缎银杯两只、绿绉纱一匹。大肴八十品,罗列甚遥,不能辨其孰为异味也。抵暮乃散,复以卓席馈许生,为分犒诸役。

[学其短]

◎ 本篇录自《徐霞客游记》卷九上"西南游日记十五",原无题。
◎ 徐弘祖,字霞客,明末江阴(今属江苏)人。
◎ 二月初一日,在己卯年即崇祯十二年(1639年)。
◎ 木公,木增,么些(纳西)土司,世袭丽江知府。
◎ 大把事,木府大管家。
◎ 解脱林,寺庙名,实际上是木府的一部分。
◎ 卓,"桌"。

寓山的水

[念楼读]

"寓山"以山为名,妙处却在于水。

坐船来到"寓山",你可能会以为水路到了头。可是进园门后,一条走廊引着你往西,廊的一侧仍然全是水面,清清的水一直在你脚边。浓绿的树冠将水映成碧色,客人和陪行的主人像是行走在空翠中,全身都带上了波光树影。这时想起了杜诗:

　　　　四更山吐月,残夜水明楼。

觉得意境很切合,于是便叫它"水明廊"。借用了老杜两个字,不知他会不会同意。

[念楼曰]

此篇充分表现了晚明文人的审美趣味,即追求独特的个性,力避庸熟。园名"寓山",记名"寓山注",都不是作八股文章的人想得出的。盖晚明时期和春秋战国、魏晋六朝、五代十国时一样,王纲解纽,有利于个性解放。思想比较自由,文艺也就活泼了。

祁氏为山阴巨族。张岱《陶庵梦忆·祁止祥癖》中的主人公,便是祁彪佳的堂兄,名豸佳。彪佳还有二兄麟佳和骏佳,几人都是词曲作者,精赏鉴,会生活。彪佳还做过大官,最后在清兵南下时投水自杀,应了"须眉若浣,衣袖皆湿"的谶语。这却不是一般填功过格、谈道学的人做得到的。

水明廊

祁彪佳

园以藏山所贵者反在于水自泛舟及园以为水之事尽迨循廊而西曲沼澄泓绕出青林之下主与客似从琉璃国而来须眉若浣衣袖皆湿因忆杜老残夜水明句以廊代楼未识少陵首肯否。

[学其短]

◎ 本文录自祁彪佳《寓山注》。寓山为祁家园林。
◎ 祁彪佳，号世培，明末山阴（今绍兴）人。

招 隐 山

[念楼读]

听人说招隐山风景好,山水林泉都不俗,心中早就向往这个地方了。

顺治十七年十一月间,终于同友人来作小游。一见满林的红叶、瘦露的山岩、清冷的泉涧,胸间万虑顿消。不知不觉,我的整个身心,便被这幽旷的情境同化了。

登上玉蕊亭,遥望江水苍茫,归帆倦鸟,一种说不出的惆怅无端地袭上心头,使得我久久不能离去。

[念楼曰]

登临名胜,乘兴而作,信笔而题,是古时文人雅事。历代总集别集中,此类文字不少,多数是诗,近世亦有诗余、联语,散文比较少见。古人题字,最初我想是题在石上和壁上,后来则大半都题在纸上了,若是名流巨宦,自会有人摹刻。

题者既多,便成了风气。连半个文人也不能算的宋押司,在浔阳楼上也可以叫店家笔墨伺候,题些"敢笑黄巢不丈夫"和"血染浔阳江口"之类的诗词,惹出天大的麻烦来。

时至今日,此风仍未息。某些领导和名流,即使诗和字还比不上及时雨宋公明,也仍然到处乱题。文人和准文人,乐此不疲的更是多有,当然异口同声都在歌颂风景这边独好,像王渔洋这样抒个人之情者甚少。当然这只是徒步旅行眼界很窄的我的观感。

招隐寺题名记

王士禛

昔人言招隐水深山秀,烟霞涧毛皆不凡。予以庚子仲冬月同昆仑子来游,叶满山石骨刻露,泉流萧瑟。登玉蕊亭上远眺江影,惝恍久之。

[学其短]

◎ 本文录自王士禛《渔洋文略》卷四。招隐寺在丹徒县南,因南朝戴颙隐居于此得名。

◎ 王士禛,号渔洋山人,清新城(今山东桓台)人。

◎ 毛,草木。

再上名楼

[念楼读]

　　烟雨楼是江南的名楼，四季皆可游观。乾隆十四年我曾来此，饱览了南湖的春色。已经过去五年了，印象还很鲜明。

　　此次又到嘉兴，已是重阳将近，当然还是先去烟雨楼。楼边湖畔的桂花仍芳香扑鼻，绿荫中露出的楼顶和脊兽阳光下格外鲜明。湖中低浅处，莲叶田田，铺开大片大片的碧绿，如果还能开着荷花，那就更好看了。

　　再上名楼，我一边看景，一边品茶。卖茶的人，采得湖里的鲜菱供客，色既娇艳，咀嚼起来也很爽口，难道也带上了名湖的风味吗？

　　临别时，对着楼影波光，心想一定还要来看盛夏的莲花、冬天的雪景，但不知又得再过多少年。

[念楼曰]

　　旅游者总是喜新厌旧的，一去再去还愿三四去的地方很少。龚巢林于烟雨楼情有独钟，亦由其善于观察和领略，才能不断有新鲜感。张宗子说：

　　　　嘉兴人开口烟雨楼，天下笑之，然烟雨楼故自佳。楼襟对莺
　　　　泽湖，滢滢瀁瀁，时带雨意。

莺泽湖后来又叫鸳鸯湖，龚巢林称为彪湖，现则通称南湖，中共在此开过"一大"，留下了一艘"红船"，我还没有去过。嘉兴范笑我君曾约我去玩，也没有去成。

槜李烟雨楼

龚炜

槜李烟雨楼,四时皆宜,予自己巳登此,得领彪湖春色。忽忽五年往矣,重阳在望,桂香犹复袭人,龙楼拥翠,悬以秋日,别具晶莹。再得芙蓉冒绿,池则全美矣。登眺之余,卖茶者采菱饷客,色味迥殊胜。因思荷香雪景,又不知何年得备览此胜。

[学其短]

◎ 本文录自龚炜《巢林笔谈续编》卷上。
◎ 龚炜,字巢林,清昆山(今属江苏)人。
◎ 槜李,嘉兴古称。

荷花深处

[念楼读]

　　太湖洞庭西山脚下，有一处荷花最多、最好、最适宜欣赏的地方，名叫消夏湾。

　　这里遍处都是荷花，盛夏时花朵盛开，满眼云霞锦绣。来此避暑的人坐在游船上，吹着湖上的凉风，闻着荷花的清香，流连忘返。有的还要等到月出东山，赏玩湖上的夜景，甚至留宿船中，让翠盖红裳伴随着入梦。

[念楼曰]

　　顾禄《清嘉录》十二卷，分别记叙一年十二个月内苏州的风土人情，道光十年（1830年）刊行，翌年传入日本。后来中国又从日本翻刻本再翻刻回来，周作人曾写文章介绍，从此为人所重。近来某出版社排印此书，前言批评周对《清嘉录》版本之说"未妥"，可是在提到周氏《夜读抄》时，却一连三次都错成了"夜读草"，则其考证的精密程度亦不无可疑。

　　消夏湾传为吴王避暑处，旧《苏州府志》有介绍云：

　　　　消夏湾在洞庭西山之址，深入八九里，三面峰环，一门水汇，仅三里耳……荷花有红、白、黄数种。洞庭东、西山人善植荷，夏末秋初，一望数十里不绝，为水乡胜景。

沈朝初《忆江南》词云：

　　　　苏州好，消夏五湖湾。荷静水光临晓镜，雨余山翠湿烟鬟，七十二峰间。

描写情景，亦有韵味。

消夏湾看荷花

顾禄

洞庭西山之址消夏湾为荷花最深处。夏末舒华灿若锦绣,游人放棹纳凉花香云影,皓月澄波,往往留梦湾中,越宿而归。

[学其短]

◎ 本文录自顾禄《清嘉录》卷六。
◎ 顾禄,字总之,号铁卿,清苏州人。

会稽山色

[念楼读]

　　一行三人乘船到瓦窑岭上岸，走昌安门进城。一路之上，饱看会稽山色，十多里路一点不嫌远，只恨自己的脚步走得太快。

　　途中经过一处乡村中的小庵堂，临水有廊有槛，可坐可倚，在那儿看霜枫红叶，特别有意思。

　　接着又走过一座高高的石拱桥，桥已危圮，但从桥上远望夕照中的陶山，像美人精心梳裹就的发髻，金翠首饰变幻成或紫或绿的色彩，在一片深红的背景中，显得奇丽无比。

　　西天的红霞愈望愈远，愈远愈深。这种变化中的色彩，绝不是人工所能画得出的。

　　到进城时，戒珠寺的晚钟已经敲响了。

[念楼曰]

　　会稽山阴（民国废府并县，以清代府名绍兴作新县名）的风景自古有名，当地也有游山玩水的习惯。一千六百多年前，王羲之等人修禊，也就是春游，"会于会稽山阴之兰亭"，该处跟萝庵相去不远。王羲之的儿子献之也说过：

　　　　从山阴道上行，山川自相映发，使人应接不暇。

以后记会稽山阴风景的越来越多，《萝庵游赏小志》算是晚近的。民国时期，徐蔚南写的一篇也较为有名，题目就叫作《山阴道上》，却已是现代散文，有两千多字。

十里看山

李慈铭

十一月十五日,坐舟至瓦窑岭,偕雪瓯平子二子登岸行十余里,溯昌安门一路看会稽山,恨若有速其步者。过一村庵,坐水槛上看枫,尤有意致。立危桥上四望陶山,在夕阳中一髻嫣然紫翠缕起,更远更红,非画工所能仿佛也。入城闻戒珠寺钟矣。

[学其短]

◎ 本文录自李慈铭《萝庵游赏小志》,原无题。
◎ 李慈铭,号莼客,室名越缦堂,清会稽(今绍兴)人。

题画文七篇

画 飞 鸟

[念楼读]

 黄筌画的飞鸟,颈和腿都是伸着的。有人说,鸟飞时若是伸着脚,便一定会缩起颈;若是伸着颈,便一定会缩起脚,没有两者都伸着的。一看果然如此。

 可见对事物不认真观察了解,虽大画师亦难免疏失,何况办大事。读书人除了读书,真还得多看多问才行。

[念楼曰]

 散文状物写景,能使人移情忘倦便是美文。绘画状物写景,能使人移情忘倦便是好画。故文与画实可相通,对苏轼这样诗文书画均臻绝妙的大家来说,更是如此。

 此一则《书黄筌画雀》,只谈了个"画师观物"的问题,也就是"画"与"真"的问题。到底飞鸟是"颈足皆展",还是"无两展者"呢?老实说我也说不清,按理说应该是鸟有多少种类便会有多少飞法,黄永玉画的飞鹤飞鹭,便都是"颈足皆展"的。

 但苏轼强调"观物",强调观物须"审",须认真、细致、准确,总是对的。在这里他不只是对画师说话,而是对更大范围的"君子"说话,提倡大家要"务学",要"好问",不能人云亦云,不能"想当然",因为这确实是传统读书人普遍存在的毛病。

书黄筌画雀

苏 轼

黄筌画飞鸟,颈足皆展。或曰飞鸟缩颈则展足,缩足则展颈,无两展者。验之信然,乃知观物不审者,虽画师且不能况其大者乎。君子是以务学而好问也。

[学其短]

◎ 本文录自《东坡题跋》卷五。
◎ 苏轼,字子瞻,号东坡,北宋眉山(今属四川)人。
◎ 黄筌,五代时大画家,擅画花鸟,成都人。

李广夺马

[念楼读]

　　看书画，主要是看它的神气。从前大画家李公麟为我画李广夺马：李广跳上敌军的坐骑，挟持着一个匈奴兵纵马南奔，又夺过他的弓箭转身射敌；箭锋所向，他开弓的手还没有松，追来的人马就像要应弦而倒，真是画活了。

　　公麟笑道："要是让别的什么人来画，李广的这支箭画出来，一定是射到人马身上的了。"

　　这番话提高了我赏画的能力，使我渐渐能够分辨画作品格的高下。我想，作画作文都一样，要紧的是写出神气。不过这个道理要人人领会，只怕也难。

[念楼曰]

　　本篇是题在一幅临摹的《燕郭尚父图》上的，此图所画应是宴请郭子仪的盛况，但黄庭坚谈的却是另外一幅《李广夺胡儿马》。借题发挥，高手往往如此。

　　箭锋所向，人马皆应弦而倒。此并非事实，却满有神气，觉得李广就该有这样的本事。若一味写实，则不中箭人马不会倒，箭一离弦"引满"的弓也就收了，画面岂不就"死"了。此李公麟与"俗子"之不同，亦黄庭坚与"俗子"之不同也。

　　李广的故事十分有名，《史记》所述夺马南驰的情节是：

　　　　胡骑得广，广时伤病。置广两马间，络而盛卧广。行十余里，广佯死，睨其旁有一胡儿骑善马。广暂腾而上胡儿马，因推堕儿，取其弓，鞭马南驰……骑数百追之，广行取胡儿弓，射杀追骑……

画上添加了"挟儿南驰"，更加显出了李广的本领和神威。

题摹燕郭尚父图

黄庭坚

凡书画当观韵。往时李伯时为余作李广夺胡儿马挟儿南驰夺胡儿弓引满以拟追骑观箭锋所直发之人马皆应弦也。伯时笑曰使俗子为之当作中箭追骑矣。吾因此深悟画格此与文章同一关钮但难人人神会耳。

[学其短]

◎ 本文录自《山谷题跋》卷三。
◎ 黄庭坚，字鲁直，号山谷，北宋分宁（今江西修水）人。
◎ 燕，通"宴"。
◎ 郭尚父，唐郭子仪以大功称"尚父"。
◎ 李伯时，名公麟，画家。

真 与 美

[念楼读]

早春时天气还冷，怎么知了便已经上树，苍蝇也迫不及待地飞出来了呢？

仔细一瞧，原来是老章在耍笔杆子，跟我们开玩笑呢。

[念楼曰]

画家作大写意，具象在似与不似之间，靠笔墨、色彩、构成，仍可以给人以美感。

但齐白石的草虫，则仍以逼真见长。大笔渲染的荷叶荷花上头停着一只蜻蜓，透明的翅膀上的脉络都看得清清楚楚。据说他为了"防老"，预先将蜻蜓、知了……画在纸上，留待以后再来补花卉，这样画了好多张。那么他早就心中有数，画草虫须用和画花卉画山水不同的方法，后者可以大写意，前者却得逼真，真得近乎照相，甚至超过照相。

艺术上的真与美，本无法和实际生活中的对应或等同。对于人来说，飞蝇百分之百是讨厌的东西，尤其是出于粪缸的大头苍蝇，根本无法与之和平共处。新蝉爬上树便放肆聒噪，那单调刺耳的声音，也是谁都不乐意听的。可是章伯益用作"墨戏"，诚斋便忙不迭为之题记，我们今天亦可欣赏，这就是艺术和实际生活的不同。

人们大概不会因为画上的飞蝇生动有趣，便喜欢上嗡嗡叫着挥之不去的苍蝇；但也不必因为苍蝇是"除四害"的对象，便认为它在画中也只能表现丑恶，永远不能够表现美。

题章友直草虫

杨万里

春寒尔许飞蝇新蝉辈讵出耶。细观盖章伯益墨戏也。

[学其短]

- 本文录自叶楚伧编《历代名人短笺》。
- 杨万里,号诚斋,南宋吉水(今属江西)人。
- 章友直,字伯益,画家。

动人春色

[念楼读]

　　道君皇帝考画师,用诗句"万绿丛中红一点,动人春色不须多"为题。大家想的都是如何画出"动人春色"来,用心画花卉,在构图设色上努力下功夫。

　　只有一人与众不同。他画的是楼台一角,掩映在杨柳深深处,楼上有一位年轻的女郎,在凭栏眺望。

　　结果是这位画师考得最好,大家也都心服。

　　道君皇帝也就是宋徽宗。他治国不行,最后弄得自己都成俘虏。但他的字画功夫还是第一流,有作品为证,这一点天下后世都是认可的,所以由他来"考画师",可算得当。

[念楼曰]

　　将女人比花,这肯定不是第一例。道君皇帝所取者,我想只是此画师不肯同于众人这一点。

　　创作最怕的便是同于众人。同于众人,便没有了特点,显不出个性。当然有个性有特色的未必就好,但好的创作必然是独一份,有特色,有个性的。

　　有好长一段时间,文学批评、艺术批评只做了一件事:消灭个性。

　　于是,"动人春色不须多"这样有自己特色的作品就少见了;而执掌评判者又画不出宋徽宗《瑞鹤图》那样的好画来,于是……

　　附带说一点,北宋时画画的,大约仍以画工为主。苏轼、米芾和文同辈那时即使还活着,大概是不会去应试的,这真是他们那一辈文人的幸福啊。

徽庙试画工

俞文豹

徽庙试画工，以万绿丛中红一点．动人春色不须多为意．众皆妆点花卉．独一工于层楼缥缈绿杨隐映中画一妇人凭栏立．众工遂服．

[学其短]

◎ 本文录自俞文豹《吹剑录》，原无题。
◎ 俞文豹，字文蔚，南宋括苍（今属浙江）人。
◎ 徽庙，即宋徽宗。

还 是 东 坡

[念楼读]

　　当东坡着了公服在朝堂上，总是被人骂，讨人嫌，众人巴不得快点将他排挤走；当他穿起木屐戴起斗笠下了乡，又总是受人恭维，被人吹捧，看上他一眼也觉得高兴。其实，骂的是东坡，捧的还是东坡。

　　看着画中的东坡，亦无妨设想自己就是悠游自在的他。别人过去骂我也好，如今捧我也好，一概不必当真，置之一笑好了。

[念楼曰]

　　克鲁泡特金的《互助论》是读高中时读过的，他宣传互助是生物（包括人）的本能，想以此纠正达尔文"竞争论"（物竞天择，适者生存）带来的弊病。其实竞争、互助都是生物学上客观存在的事实，蜂和蚁本群间的互助是有名的，也是成功的，但群与群间的斗争则异常剧烈，打起仗来死得满地都是。当然斗争自有其原因，或为地盘，或为食物，都是因为挨得太近、空间有限；如果隔得天差地远，利益并不交叉，也就不得斗。

　　人与人之间的潜规则也是远交近攻。东坡"冠冕在朝"时，衮衮诸公是他的同事，自然难得容他；如今"山容野服"，相去已远，而且已经到了画里，则"争先快睹"亦是人情，何况称赞他几句，还能赚个"尊重文化、尊重人才"的美名。

题东坡笠屐图

陆树声

当其冠冕在朝,则众怒群咻,不可于时。及山容野服,则争先快睹,彼亦一东坡,此亦一东坡,观者于此聊代东坡一哂。

[学其短]

◎ 本文录自施蛰存编《晚明二十家小品》。
◎ 陆树声,号平泉,明华亭(今上海)人。

残缺之美

[念楼读]

夏珪这幅画，笔墨洗练而气势开张，使人能够从画面之外感受到一种广阔的意境，产生美感。可是拼接处的笔墨和意境都不相连，显然有缺失，真是可惜。

平常看画的云中之龙，龙身没有不被云遮蔽着的，总有一部分肢体看不见，但龙的整个形态还是矫健生动的。只要是好画，画面虽欠完整，震撼力还是很大的。

[念楼曰]

不久前在报纸上看到，大陆馆藏的《富春山居图》残卷，台湾博物院藏有另一截，双方同意合起来办一次展览，可称盛事。其实就是合起来，这轴长卷也还是残的，因为原画被投入火中，幸而有在场的别人抢救，才救出这两截。

残缺之美，亦堪欣赏。一是它本来是美的创作，虽然残缺，美仍存在。二是美的东西被破坏，受摧残，不能不在人们心中引起悲怆和同情，这种超越个人利害完全出于人性的单纯的感情，亦即是美感。

至于徐文长文中提到的龙这个东西，不管被画得如何好，我觉得总是不大好看的。所以高明的画师需用云遮掩它，能表现一点飞腾的动感，便不错了。若是像美国唐人街上做标志的那样张牙舞爪，整个一鳞甲森森的大蜥蜴，越是活灵活现，越使人恐怖厌恶。我自己在旧金山看到它们，真实的感觉确实如此，正为此写过篇文章，至今仍在也。

书夏珪山水卷

徐 渭

观夏珪此画,苍洁旷迥,令人舍形而悦影。但两接处墨与景俱不交,必有遗矣。惜哉,云护蛟龙,支股必间断,亦在意会而已。

[学其短]

◎ 本文录自《徐文长文集》。
◎ 徐渭,字文长,明山阴(今绍兴)人。
◎ 夏珪,南宋钱塘(今杭州)人,名画家。

孤山夜月

[念楼读]

　　和兄弟们喝够了酒，半醉中驾着小船，从西泠摇过湖来。此时夜月初升，堤边柳树的影子，在水波上荡漾，像在镜中，又像在画中。

　　这印象久久地存留在心中，万历四十年（1612年）住在湖边别墅里，它忽然又浮现在眼前，于是匆匆写出给孟阳，我自己仿佛又进入画中了。

[念楼曰]

　　前面几篇，或记述，或评论，或感想，写的都是别人的画，此篇却是写自己的画。

　　李流芳是文人画家，钱谦益谓其画"出入元人"。其诗文尤为有名，选明人小品少他不得。此篇写自己的生活和友情，写西湖的景色和风物，全没有离开自己这幅画，真可谓文情并茂、画中有人。

　　孤山夜月是西湖一景（虽然"八景"中没有列入它），我却没有亲历过。李流芳在文中也未直写孤山，只写了夜月，写了夜月中的人，而孤山也就写入人的胸臆了。

　　五十岁以后多次到过西湖，印象反而不及从前足迹未至时想象中的西湖美，因为那都是从文人笔下看来的，首先是张岱、吴敬梓，然后是白居易、苏轼、"三袁"兄弟，也包括李流芳。

　　"甚矣，文人之笔足以移情也。"梁绍壬这句话，移用在这里，正是恰好。

题孤山夜月图 李流芳

曾与印持诸兄弟醉后泛小艇从西泠而归．时月初上新堤柳枝皆倒影湖中．空明摩荡如镜中复如画中久怀此胸臆．壬子在小筑忽为孟阳写出真是画中矣．

[学其短]

◎ 本文录自李流芳《檀园集》。
◎ 李流芳，字长蘅，明嘉定（今属上海）人。
◎ 孟阳，姓程，名嘉燧，明徽州府休宁县（今安徽休宁）人，李流芳的画友和诗友。

苏轼文十篇

自己的文章

[念楼读]

　　我自己的文章,像充蓄在地层中的大股泉水,随便在哪里开个口子,就会喷涌出来。在平旷之处,它自然会汇流成河,浩浩荡荡,一泻千里。若遇到山崖石壁,它也能适应地形的变化而变化,无论有多少曲折险阻,终归要达到自己的目的。

　　这种变化是不可预见,无法事先设定的。

　　还是拿水来做比方,我只知道,有源泉水便会成流。流水是遏制不住的,该怎样流便让它怎样流好了。

　　如果泉源干涸,水也就断流了,该打止时便得打止,文章也就不要再做了。

[念楼曰]

　　人们赞美苏东坡的文章写得好,有如行云流水。行云流水,任其自然。自然也就是"行于所当行","止于不可不止"。这是无须勉强,也来不得半点勉强的。

　　回想自己以前奉命写东西,都是勉强的。后应邀为文,指定撰论,亦难免不带些勉强。就是自己想写文章时,或因心情不佳,或因学殖荒落,也常感力不从心,如果还要写,也就是勉强了。故而可称为文者绝少,唯有惭愧。

　　苏东坡这样的文豪,几百年难得一见,当然学不了。但他所说的,为文要自然,勿勉强,却是现身说法,凡能执笔者皆当诚心领受。

自评文

苏轼

吾文如万斛泉源,不择地皆可出。在平地滔滔汩汩,虽一日千里无难。及其与山石曲折,随物赋形,而不可知也。所可知者,常行于所当行,常止于不可不止。如是而已矣。其他虽吾亦不能知也。

[学其短]

◎ 苏轼文十篇,均据中华书局本《苏轼文集》,本文录自卷六十六。

◎ 苏轼,字子瞻,号东坡,北宋眉州(今属四川)人。

读 陶 诗

[念楼读]

听说江州东林寺里有陶渊明的诗集,正准备打发人去找。恰好在江州做官的李君派人给我送来了一部,忙接过来,翻开一看,字大而悦目,纸张又厚实,不禁满心欢喜。

自从得到了这部诗集,我就一直没有离开过它。每当身心感到不舒服,便拿它来读一首——绝不超过一首。生怕把它读完,以后的日子就无法排遣了。

[念楼曰]

放在手边,不时翻读,但又克制着一回只读一首,仅仅一首,深怕这卷诗会很快读完。此种情形,非饱经书的饥渴者恐难以体会到,更不是能凭空想象出来的。

常言道:"旧书不厌百回读。"苏轼对陶诗特别喜爱,从小便已熟读。一回只读一首,当然不是不读第二遍。只是好书难得,爱惜之极,故宁愿细细品尝,多保持一点新鲜感。此盖是书痴书淫的自白,未入道者不足语此。

《和陶诗百一二十首》,在《东坡续集》中,小引云:

> 吾于诗人无所甚好,独好渊明之诗。渊明作诗不多,然其诗质而实绮,癯而实腴,自曹刘鲍谢李杜诸人,皆莫及也。

这可算是对诗的最高评价了。

不知现在还有没有这样的诗和这样爱诗的人。

书渊明诗

苏　轼

余闻江州东林寺有陶渊明诗集，方欲遣人求之，而李江州忽送一部遗予，字大纸厚甚可喜也。每体中不佳辄取读，不过一篇惟恐读尽后无以自遣耳。

[学其短]

◎ 本文录自《苏轼文集》卷六十七，原题《书渊明羲农去我久诗》。"羲农去我久"，为陶渊明《饮酒二十首》第二十首的第一句，通常即以作篇名。

◎ 江州，今江西九江。

惜　别

[念楼读]

　　去年闰九月间,姜君从琼州来到儋耳,从此几乎每天都同我在一起。过了半年,已是今年三月,他也要回去了。临行时,没有东西给他带去作纪念,便写了柳宗元《饮酒》《读书》这两首诗相赠,聊以表示我的一点惜别之情。

　　是啊,读书,饮酒。姜君走了以后,除了这两件事情,恐怕再也没有别的什么能够使我打发这百无聊赖的日子了。

　　元符三年三月二十一日。

[念楼曰]

　　我没有养过鸣虫,听说虫儿在绝无同类可以听到的情况下是不会鸣叫的,而且寿命也不会久长。苏公平平常常的几句话,读后却不禁有感,原来寂寞是能致命的啊。

　　被迫离开了京城,离开了文化中心,投荒万里,去到如今语言还难通的海南岛,苏轼不知道会多么寂寞。这时能够来一位可以相对低鸣、彼此倾听的同类,又不知道会多么高兴。三年之中,仅此半年,便要分手,想起以后仍只能读书饮酒以销寂寞,当然会惜别了。

　　海口五公祠,真正的主角是别殿中的苏东坡。坐在旁边的,一个是陪父亲在海南的苏过,一个便是这位"琼士姜君"。虽然他只从琼州到儋耳去住了半年,给他这个座位也是应该的。

书别姜君

苏轼

[学其短]

元符己卯闰九月,琼士姜君来儋耳,日与予相从至庚辰三月乃归。无以赠行,书柳子厚饮酒读书二诗以见别意。子归吾无以遣日,独此二事日相与往还耳。二十一日书。

◎ 本文录自《苏轼文集》卷六十七,原题《书柳子厚诗后》,据别本改。
◎ 己卯为元符二年,苏轼谪居海南的第三年,时六十四岁。
◎ 琼士姜君,琼州(今属海南海口)秀才姜唐佐,字君弼。
◎ 儋耳,地在今海南儋州新洲镇。
◎ 柳宗元《饮酒》《读书》二诗,见《柳河东集》卷四十三。

桃 花 作 饭

[念楼读]

　　有位先生听说,古时有人赞颂桃花,说全亏桃花给了他灵感,使他领悟了人生的哲理。这位先生也想要领悟人生哲理,便尽量去接触桃花,甚至将桃花做在饭里吃;一直吃了五十年桃花饭,灵感却始终没有出现。

　　这回见到张长史(旭)的书法,又联想起此事。据说张长史曾遇见一个挑夫为了抢在公主出行的队伍之前通过路口,而显出了矫捷的姿势,张旭从而悟出了写草字的诀窍。如果谁想要写好字,便天天跟在挑夫后面等着瞧,难道便能瞧得出什么名堂来吗?

[念楼曰]

　　志明禅师在沩山,因见桃花而悟道,有偈语云:
　　　　三十年来寻剑客,几回落叶又抽枝;
　　　　自从一见桃花后,直到如今更不疑。
　　可见"桃花悟道"乃是实有的事。不过那是修行功夫具足,一见桃花,遽尔大彻大悟,桃花只是一个由头罢了。"去年今日此门中"和"尽是刘郎去后栽"的桃花,也是抓的由头。禅师参禅和文士作诗,道理全一样,机缘和悟性都是没法排队等来的。

　　我辈凡夫,根器本差("本质不好"),并无求道之心,对无论什么大红花都不艳羡,当然也就无从悟道,带着一家鸡犬升天更是休想。不过五十年一贯的桃花饭,倒也不曾吃过。

书张长史书法

苏轼

世人见古有见桃花悟道者,争颂桃花。便将桃花作饭吃,吃此饭五十年转没交涉。正如张长史见担夫与公主争路,而得草书之法,欲学长史书日就担夫求之岂可得哉。

[学其短]

◎ 本文录自《苏轼文集》卷六十九。
◎ 张长史,唐代大书法家张旭。

过　滩

[念楼读]

　　快到曲江了，要过滩。这条逆水而行的船，被激流冲得歪歪斜斜的，全靠十几个船夫用竹篙撑着往上走。十几支篙的铁尖不断地戳在江石上，发出硬碰硬的声音。从舱中看出去，只见汹涌的江水和飞溅的浪沫。

　　船上的几个乘客脸色都变了，我却一直坐着写我的字，不管四周如何喧闹嘈杂，写字的兴致还是一样高。

　　我一生经历的风浪还少吗？变动也经历得够多了。本来在写字，此刻就是放下笔，驾船的事也插不上手，又能够做什么呢？恐怕还不如继续写我的字吧。

[念楼曰]

　　看《冰海沉船》，对最后时刻还在坚持演奏的乐队印象深刻，最佩服的却是那独坐玩纸牌的老头。因为前者尚有光荣尽职的感情因素，后者则纯系理智做出的判断：大限已到，求生既已无望，便无须乱抓稻草，更不必呼天抢地求上帝保佑，或恶狠狠地诅咒仇家，说什么"一个也不宽恕"了。

　　我只坐过湖南的木船，过滩时水浅，出事通常只会打湿书籍衣物，最怕是耽误时间。但在不大不小的风波中，也看得出人的风度修养。事已至此，索性由他，且修自己的胜业，或写字，或作文，或喝茶闲谈，都比瞎抓乱叫好。

书舟中作字

苏　轼

将至曲江，船上滩欹侧，撑者百指，篙声石声荦然，四顾皆涛濑，士无人色，而吾作字不少衰，何也？吾更变亦多矣，置笔而起，终不能一事，孰与且作字乎。

[学其短]

◎ 本文录自《苏轼文集》卷六十九。
◎ 曲江，今广东韶关，位于北江上游。

黑 不 黑

[念楼读]

　　我收藏的墨有好几百锭，常常拿出来自己比着玩，看黑不黑。比来比去，总觉得它们都不够黑，比较满意的，不过一两锭罢了。可见在这世上，尽善尽美的东西，真是少得很。

　　人的心思真怪，净想着自己没有的东西。买茶叶呢，毛尖、银针，总要选白的，越白越好；买墨呢，那就要最黑的，越黑越好。想要黑时，漆一样的也觉得不够黑；想要白时，雪一般的也觉得不够白。

　　究竟是事物本来的样子无法使人满意呢，还是人们自己不该有那么多心思和想法呢？

[念楼曰]

　　东坡是用墨大家，也是藏墨和鉴赏墨的大家。其题跋中有关墨者达三十五篇，所藏名家手制佳墨亦多。别人出示之墨，他一见便能知为何人所作。在海南岛他还自己制过"海南松煤东坡法墨"，据说品质与李廷珪制者不相上下，"足以了一世著书用"。本篇是他的经验之谈，且带有一点常见的自讽。

　　人有梦想，这是人的弱点，但也是人之所以为人的一个原因。求黑时嫌漆白，求白时嫌雪黑，老是在追求着更真、更善、更美，这就是理想主义。在黑暗中的人，理想主义就是前方的一盏灯。再遥远，再微弱，却是它，而且只有它，才给了人力量和希望。

书墨

苏轼

余蓄墨数百挺,暇日辄出品试之,终无黑者。其间不过一二可人意,以此知世间佳物自是难得。茶欲其白,墨欲其黑。方求黑时嫌漆白,方求白时嫌雪黑,自是人不会事也。

[学其短]

◎ 本文录自《苏轼文集》卷七十。

屠龙和躭猪

[念楼读]

制笔者制造出来的笔,一般买笔者(都是文人学士)看了中意的,到真会写字的人手里都没有用;会写字的人觉得好用的,一般买笔者却又不愿意买。

庄子在寓言中说,有人花三年时间和千金费用,学会了屠龙之技,却无处可施展。又说有人在猪市上帮屠夫躭猪,倒越干越红火。蔡襄的话更明白:"本领越是高明,处境越是穷困。"制笔者的情形正是如此,又难道只有制笔者的情形是如此吗?

高明的制笔者吴政是不在了,好在他还有一个儿子吴说,继承了这门不行时的手艺。

[念楼曰]

屠龙不如躭猪(履豨),译成大白话,就是拿解剖刀不如拿剃头刀,制原子弹不如制茶叶蛋。这类情形,近年来在实用技术范围内有了一些变化,但写诗不如唱流行歌,著书不如写通俗小说,大概仍是事实。

这个"不如",若只是"朝钱看",倒也没啥。因为写"帘卷西风"本不是为了钱,怎会跟"吹打弹唱伏侍普天下看官"的去比,这样做岂不辱没了自己。怕只怕衡文者将市场价值当成了唯一的标准,把靠"色艺双绝"走红的艺员捧成"高知",把写口吐飞剑的"作家"尊为教授,这就不是在搞文化,而是在躭猪了。

书吴说笔

苏轼

笔若适士大夫意,则工书人不能用。若便于工书者,则虽士大夫亦罕售矣。屠龙不如履豨,岂独笔哉。君谟所谓艺益工而人益困,非虚语也。吴政已亡其子,说颇得家法。

[学其短]

◎ 本文录自《苏轼文集》卷七十。
◎ 履豨,用脚踹猪的腿胫,来验视猪的强孱和肥瘠。
◎ 君谟,姓蔡名襄,北宋四大书法家之一,极受苏轼推重。

月下闲人

[念楼读]

十二日的晚上,我已经准备脱衣上床了,见照进屋来的月光特别明亮,知道外边夜色一定很好,便想出门走走。

叫谁和我一同去走呢?只有到附近的承天寺找张怀民。正好怀民也不想睡,两人便在寺里的空坪中散起步来。

此时已是深夜,月正当头。月光洒在空地上,发出清冷的光,恰似一汪积水。水面上像水草纵横交互的,原来是旁边竹树投下的影子。

哪个无云的夜晚没有皎洁的月光,哪处住人的地方没有高大的竹树,不过不一定有怀民和我这样半夜出门看月色的闲人罢了。

[念楼曰]

小时读《红楼梦》,大观园里结诗社起别名,宝钗给宝玉起了个"富贵闲人",觉得这真是"最俗的一个号"。满十岁后偶尔涉足社会,见某些场合的门上贴着"闲人免入"的纸条,很怕长大后成为闲人。进了中学,读了新文学书,知道革命文学家反对有闲,说过"有闲即是有钱",有钱即是资产阶级。及至后来天天叫大干快上,只争朝夕,更容不得闲人,自己想帮忙也帮不上了。

元丰六年(1083年),苏轼贬到黄州已经三载,东坡上开的荒地早已成为熟土,他仍能半夜跑到月光下做闲人,其气度真我辈"忙人"所不能及。

记承天夜游

苏轼

元丰六年十月十二日夜，解衣欲睡，月色入户，欣然起行。念无与为乐者，遂至承天寺寻张怀民。怀民亦未寝，相与步于中庭。庭下如积水空明，水中藻荇交横，盖竹柏影也。何夜无月？何处无竹柏？但少闲人如吾两人者耳。

[学其短]

◎ 本文录自《苏轼文集》卷七十一。
◎ 承天，寺名，在黄州（今属湖北黄冈）。
◎ 元丰六年，苏轼虚岁四十八岁，贬黄州已三年。
◎ 张怀民，苏轼的友人。

脱　钩

[念楼读]

　　我在惠州，曾寄居嘉祐寺，松风亭就在寺旁，而位置颇高。有次忽想上去看看，也许因为开头脚步太快，没走得多远腿脚就累了。只想快些到阴凉处歇息，抬头一看，亭台还在树尖子上哩，天呀，还要多久才走得到啊！

　　腿脚越累越觉得路长，越觉得路长腿脚就越累。又勉强走了一会儿，忽然大彻大悟：为什么一定要走到亭子里才能歇息，难道在路边就不能歇息吗？于是一屁股坐了下来。刚才还像上了钩的鱼，不知如何是好；这一下就像鱼脱开钩，立刻轻快了。

　　我们一生都在走着，身子在走，心灵也在走，走得很累很累。看来，不能不歇的时候还是得歇一歇。无论在多么严重的情况下、多么危急的环境中，即使身子不允许歇息，人的心灵也无妨暂时脱开一下钩子，享受一点自由。

[念楼曰]

　　原文"两军对接，鼓声如雷霆，进则死敌，退则死法"这几句，不大好译。虽然过去听说过督战队、执法队什么的，又在银幕上见过苏联红军要刚刚接过枪的"兵"向前冲锋，后面确实架着机关枪。但此类太惨酷的事情，不必信其有，宁可信其无吧。

　　东坡于此，不过极而言之。我想，他写的"累"指的虽是腿脚，注意的却是心灵。

记游松风亭

苏轼

余尝寓居惠州嘉祐寺,纵步松风亭下.足力疲乏,思欲就林止息,仰望亭宇尚在木末,意谓如何得到.良久忽曰此间有甚么歇不得处.由是心若挂钩之鱼,忽得解脱.若人悟此,虽两阵相接鼓声如雷霆,进则死敌退则死法,当恁么时也不妨熟歇.

[学其短]

◎ 本文录自《苏轼文集》卷七十一。
◎ 惠州(今属广东),苏轼五十九岁起,谪居于此三年。
◎ 就林止息,"林"本作"床",据别本改。

知 惭 愧

[念楼读]

　　吃饱了，喝足了，往临皋亭的凳子上一靠。从左边窗子里，看得到高天上缭绕的白云。从右边望下去，是从这里宛转流过的江水。把前边的门户统统打开，对面一大幅青翠欲滴的山景，又呈现在我眼前……

　　我被这里景色之美深深地陶醉了。这时候，我的思想好像格外灵敏，却又格外单纯，单纯到只剩下对创造出美的大自然的感激，和对自己很少参加创造只知充分享受的惭愧。

[念楼曰]

　　我曾为屠格涅夫、吉辛、孟浩然、史悟冈笔下的景色所感动，觉得这要比纸上布上的，甚至比视网膜上的，更能入心脾、夺情志。此不仅因为，他们的观察比我细致，他们的感觉比我灵敏，而且也因为，他们对大自然的理解和爱意，比我更加深刻、强烈得多。

　　这便是文学的力量，是文学家不同于我辈常人的地方。

　　苏东坡在承天寺，还用了十几个字写景，在临皋亭这里则更少直接的描写，只写自己的感动和惭愧。美同样感动过别的文学家，而且还间接地感动过我；但在"造物者之无尽藏"面前，能够知惭愧如东坡者，却似乎很少。

　　大自然给了人一切，包括人本身；人却只在利用它，甚至侈言改造它。人啊！

书临皋亭

苏轼

东坡居士酒醉饭饱,倚于几上,白云左绕,清江右洄,重门洞开,林峦坌入。当是时,若有思而无所思,以受万物之备,惭愧惭愧。

[学其短]

◎ 本文录自《苏轼文集》卷七十一。
◎ 临皋亭在黄州。苏轼贬黄州后不久即居临皋亭下,两年多后移居东坡雪堂。

洪迈文九篇

白氏女奴

[念楼读]

　　为白居易提供服务的女奴中,"樱桃樊素口,杨柳小蛮腰"人所共知,也知道这两位主要是用口和腰来为诗人服务的。但白氏还在一首题为《小庭亦有月》的诗中,写到过家中宴客时吹笙的菱角,弹琵琶的谷儿,献舞的红绡和唱歌的紫绡,说这四个都是家奴。从名字看,至少红绡和紫绡也是女的,那么他家养的女奴显然不止樊素、小蛮两个了。

[念楼曰]

　　从读书时候起,就知道白居易是关心人民疾苦的伟大诗人,《卖炭翁》和《新丰折臂翁》确实写得感人。但是,有人说他的诗"忆妓多于忆民"也是不争的事实,而且从"老大嫁作商人妇"的到"生来十六年"的,老少咸宜,人数自然不会少。

　　妓女一般只会在浔阳江头之类家庭之外的地方使用,在自己府第之内,那就用得着樊素、小蛮、红绡、紫绡她们了。其实在家里,白居易还有更多的女人,请看他的《失婢》诗:

　　　　笼鸟无常主,风花不恋枝。今宵在何处,唯有月明知。
这也不是同火车上的服务员、办公室里的秘书那样的关系啊,一看便明白了。

　　有人喜读《容斋随笔》,据说作了不少批注,不知他对这一篇批过没有?又是怎么批的呢?

乐天侍儿

洪　迈

世言白乐天侍儿唯小蛮樊素二人,予读集中小庭亦有月一篇云,菱角执笙簧,谷儿抹琵琶,红绡信手舞,紫绡随意歌.自注曰菱谷紫红皆小臧获名若然则红紫二绡亦女奴也.

[学其短]

◎ 本文录自洪迈《容斋随笔》卷一。
◎ 洪迈,南宋饶州波阳(今江西鄱阳)人,字景卢,号容斋。
◎ 《容斋随笔》(含续笔、三笔、四笔、五笔)为著名学术随笔,收入《四库全书·子部》。

近仁鲜仁

[念楼读]

刚强坚毅的人，决不会一副拍马屁相。朴实沉默的人，决不会满嘴巧语花言。孔子说：刚毅朴诚，便接近于仁德。又说：阿谀谄媚，和仁德就隔远了。究竟是能够养成仁德呢，还是只能成为不仁无德之人呢？人们的本质和修养不同，结果也就不同了。

[念楼曰]

孔子的原话，第一句是"刚毅木讷近仁"，见《论语·子路》，大意是说，刚毅的人不会屈服于环境和自己的欲望，质朴迟钝的人不会为了表现自己而抢着出风头，这就有可能培养出仁人志士的品德来。第二句是"巧言令色鲜矣仁"，这讲过两次，分别出于《论语》的《学而》篇和《阳货》篇，大意是说，话讲得漂亮，神色很恭敬，一味想讨人喜欢的人，他心里想得更多的一定是自己的利益，求仁取义的考虑就很少很少了。

洪迈认为，孔子这两句话，说的是一个道理：刚毅木讷的人，决不会巧言令色；前者近仁，后者"鲜仁"。

"仁"在这里，指的是整个人的道德人格。一个人有没有独立的人格，从他是否在领导面前诺诺连声、胁肩谄笑，便能看得出来。这样的人，道德水平自然也是极低的。

刚毅近仁

洪迈

刚毅者必不能令色。木讷者必不为巧言。此近仁鲜仁之辨也。

[学其短]

◎ 本文录自洪迈《容斋随笔》卷二。
◎ 木，质朴。讷，迟钝。
◎ 鲜，很少。

不平则鸣

[念楼读]

韩愈《送孟东野序》说：事物有不平，有震动，才会发出声来，即所谓"不平则鸣"。但接着又说：尧舜时的皋陶、大禹和夔，殷商时的伊尹，西周初的周公，这些太平盛世的圣贤，都是"鸣"的代表。还说：这是时代的需要，要他们用和谐的声音来赞美国家的昌盛，这就不能说是"不平则鸣"了。

[念楼曰]

韩愈为古文唐宋八大家之首，历来被奉为权威，《送孟东野序》又是他的代表作，选入《古文观止》后，稍微接触过一点古文的人都读过。其实正如洪容斋所批评的，这篇文章在逻辑上就不清楚，先说不平则鸣，又说盛世才出"善鸣者"，岂非自相矛盾。还说什么"以鸟鸣春，以虫鸣秋"，硬将自然现象和社会政治扯在一起，难道鸟和虫也有不平之事才会鸣叫，那和春秋时令又有什么关系呢？道理没有说通，意思前后冲突，虽有人极力称赞它"只用一鸣字，跳跃到底，如龙之变化，屈伸于天"，我看也难称好文章。

1957年"百家争鸣"，以为自己对工作有意见，就可以鸣一鸣、争一争，结果栽了个大跟斗。这当然只能怪自己太天真幼稚，韩老先生这一套也起了误导的作用，思之犹有余痛。

送孟东野序

洪迈

[学其短]

韩文公送孟东野序云．物不得其平则鸣．然其文云．在唐虞时咎陶禹其善鸣者．而假之以鸣夔假于韶以鸣伊尹鸣殷周公鸣周又云无将和其声而使鸣国家之盛然则非所谓不得其平也．

◎ 本文录自洪迈《容斋随笔》卷四。
◎ 孟东野，名郊，唐诗人。
◎ 咎陶，即皋陶，舜的大臣。
◎ 夔，舜的乐官。
◎ 韶，夔所作著名乐曲。
◎ 伊尹，殷商的大臣。
◎ 周公，周武王之弟，辅佐周成王者。

简 化 字

[念楼读]

　　现在人们写字时，常常将字的笔画简化，比如将"禮"简化成"礼"字，将"處"简化成"处"字，将"與"简化成"与"字，只有向皇上呈奏和办理正式公文时，才不得不照笔画多的写。其实，按《说文解字》的说明，简化后的才是这些字的本来面目。书中解释"礼"字是'禮'字的古文"。解释"处（處）"字"意思是停止，有了几案，得以坐下，便可以停止了，也可以写作'處'字"。解释"与"字"意思是'给'，跟'與'字的意思一样"。由此可知，正规的写法，倒应该是简体，《说文解字》正是这样说的呀。

[念楼曰]

　　汉字的笔画，有的确实比较繁多，从前要一笔一笔地写，想简化一下，也是合情合理。像"礼""处""与"这些字，古时笔画本来简单，后来却"繁化"了，当然该简化回来。就是敝姓"鍾"简化为"钟"，也还可以接受。但将"葉"简化成"叶"，则不仅与草木都不搭界，叶子生长在什么上头都成了问题，而且这"叶"本是另外一个字，读音和意义都和"葉"字完全不同，这就十分不合理了。

　　其实汉字要简化的只是写，何不学英文、日文的样，搞一套印刷体一套手写体，岂不皆大欢喜，难道写得出a、b、c、d还不认得A、B、C、D吗？

字省文

洪迈

[学其短]

今人作字省文,以禮为礼,以處为处,以與为与,凡章奏及程文书册之类不敢用。然其实皆说文本字也。许叔重释礼字云古文处字云止也,得几而止或从处与字云赐予也,与與同。然则当以省文者为正。

◎ 本文录自洪迈《容斋随笔》卷五。
◎ 说文,东汉许慎著《说文解字》一书的简称。
◎ 许叔重,名慎。
◎ 几,古人席地而坐时倚靠的器具。

逢君之恶

[念楼读]

皇帝老子杀人,也是要助手的。汉宣帝杀赵广汉的助手便是魏相,杀韩延寿的助手便是萧望之。魏、萧也是有名的大臣,怎么为了私怨,便忍心将两个能干的官员置之死地呢?

杨恽在《报孙会宗书》里发了几句牢骚,于定国便给他定了"大逆不道"的死罪。史书却说于定国执法公平,百姓没有冤屈,我看未必是事实。

宣帝主张从严治政,杀人如草芥。魏、萧、于三人不说是助纣为虐,至少也是逢君之恶,想起来真堪痛恨。

[念楼曰]

赵广汉和韩延寿,原来都是执法严明的地方官,因为政绩好才被调升来管京城和京畿的。二人都以"执法不避权贵"自许,赵要管丞相魏相府中婢女的自杀,韩要查前任萧望之(已升为副丞相了)"放散"的官钱,结果被抓住把柄,自己反而成了严打的对象,赵被腰斩,韩也"弃市"了。《汉书》本传云"吏民守阙号泣者数万人,愿代赵京兆死,使得牧养小民",韩亦有"吏民数千人送至渭城,老小扶持车毂,争进酒炙"。民意纵使如此,但被吸收参了政做了官的社会精英,一个个都紧跟万岁爷施严刑峻法,甚至"以其私"而任意陷人于死地,难怪汉室江山终于无法稳定。

魏相萧望之

洪迈

赵广汉之死由魏相,韩延寿之死由萧望之。魏萧贤公卿也,忍以其私陷二材臣于死地乎。杨恽坐语言怨望而廷尉当以为大逆不道,以其时考之,乃于定国也。史称定国为廷尉,民自以不冤,岂其然乎。宣帝治尚严,而三人者又从而辅翼之为可恨也。

[学其短]

◎ 本文录自洪迈《容斋随笔》卷六。
◎ 魏相,汉宣帝时丞相。
◎ 萧望之,宣帝时御史大夫(相当于副丞相)。
◎ 赵广汉,宣帝时以京兆尹被诛。
◎ 韩延寿,宣帝时以左冯翊被诛。
◎ 杨恽,宣帝时以"怨望"被诛。
◎ 于定国,宣帝时廷尉。
◎ 宣帝,刘询,西汉第七代皇帝。

改 地 名

[念楼读]

　　严州本来叫睦州，宣和二年（1120年）方腊在这里聚众造反，连破许多州县，杀官改元，东南大震，结果动用十多万军队，打了几个月的仗，才得"敉平"。可能朝廷认为，跟造反的百姓难得讲和睦，只能从"严"，于是将睦州改名为严州。

　　这和本州富春江上的严陵滩也有关系，因为严子陵是大名人，东汉光武帝叫他做官他不做，跑到这里来钓鱼，留下一座钓台，久已闻名全国，正好借借他的名气。

　　其实严子陵（严光）本来姓庄，光武帝刘秀死后孝明帝刘庄继位，庄字必须避讳，于是庄光变成了严光。如今东汉已过去上千年，庄字早不必讳，我看以后也不必再叫严州了。

[念楼曰]

　　地名是千百年来形成的，最好不要随便改动。有些改动也许有理，但不顾历史沿革，出于意识形态，只凭长官意志，甚至违背常识，乱改一气就不好了。像我们长沙，从宋朝到清朝本是两个县，即长沙和善化，如今还留有长善围等地名。清末名人，黄兴称黄善化，皮锡瑞称皮善化，瞿鸿禨称瞿善化，称善化的比称长沙的还多。民国时合二为一，解放后又一分为二，却弃去善化之名不用，偏要将一个小地名望城坡的望城升作县名，其实此地不仅从来不是县治，而且早就划出望城县境了。事之荒唐，莫过于此。

严州当为庄

洪迈

严州本名睦州,宣和中,以方寇之故改焉。虽以威严为义,然实取严陵滩之意也。殊不考子陵乃庄氏,东汉避显宗讳,以庄为严,故史家追书,以为严光。后世当从实可也。

[学其短]

◎ 本文录自洪迈《容斋随笔》卷六。
◎ 严州,今浙江建德等地。
◎ 宣和,宋徽宗年号。
◎ 方寇,指方腊。
◎ 严陵滩在桐庐(原属严州)境内,因严子陵(名光)而得名。
◎ 显宗,汉明帝庙号。

杀 功 臣

[念楼读]

汉高祖拜韩信为大将，却三次对他使用诈术。

第一次在韩信攻取赵地后，高祖立刻从成皋渡河，清晨赶到营中，趁韩信尚未起床，夺过他的印信，召集诸将，宣布收回兵权，任韩信为丞相，派他去齐地。

第二次在项羽败死后，韩信已封齐王，高祖又一次突然宣布夺了他的兵权，改封他为楚王。

第三次是伪装去游楚地，于韩信迎谒时逮捕了他。

史称汉高祖"豁达大度"，是开国之君，对功臣却是这样。最后杀韩信，说他想谋反；其实原来蒯通劝韩信反他都不反，后来他即使真起了反心，也是汉高祖的猜疑逼出来的啊。

[念楼曰]

刘邦自己承认："连百万之众，战必胜，攻必取，吾不如韩信。"所以，在打完大仗之前，对韩信确实是"豁达大度"的。韩信想当个"假王"（摄政王），便封他为真的齐王。尤其在登坛拜将时，"择良日，斋戒，设坛场，具礼"，恭恭敬敬简直到了无以复加的程度。

打完仗以后，"豁达大度"就一变而为"多疑善妒"。韩信于汉王四年被封齐王，五年正月就"徙封楚王"，六年十二月又被降封为淮阴侯，既无部队又无地盘，"养"起来"与绛、灌等列"了。最后仍被吕后诈入宫中，斩于钟室，并被夷了三族。

幸运的是，这位"大将军"死时并未被迫喊"高皇帝万岁"，而是留下了一句真心话："悔不听蒯通之言。"

汉祖三诈

洪迈

汉高祖用韩信为大将,而三以诈临之。信既定赵,高祖自成皋度河,晨自称汉使,驰入信壁,信未起,即其卧夺其印符,麾召诸将易置之。项羽死,则又袭夺其军。卒之伪游云梦而缚信。夫以豁达大度开基之主,所行乃如是,信之终于谋逆,盖有以启之矣。

[学其短]

◎ 本文录自《容斋随笔》卷十四。
◎ 汉高祖,即刘邦。
◎ 韩信,汉大将,后被诛。
◎ 成皋,地在今河南汜水境内。
◎ 云梦,在华容,应是洞庭湖。

同情者的诗

[念楼读]

《昭明文选》卷二十九,选了李陵的《与苏武诗三首》和苏武的《诗四首》。不少人怀疑,苏武在匈奴告别李陵归汉,归来后住在长安,诗句却写道"俯观江汉流";能够俯观长江和汉水之处应在南方,苏武这个人什么时候跑到南方去了呢?

苏东坡说这些诗是后人的拟作,我不仅同意,还可以补充一点:李陵诗第二首的结尾两句"独有盈觞酒,与子结绸缪",汉惠帝名盈,按汉朝法律,犯皇帝名讳是要判罪的,李陵虽然人在匈奴,也不会这样写。可见诗的作者并非李陵和苏武,这一点苏东坡是说对了。

[念楼曰]

"苏武诗"之三中,"结发为夫妇,恩爱两不疑,欢娱在今夕,燕婉及良时",明明是夫妇之辞。苏李二人并无《断背山》那种关系,怎会写出这样的诗来呢?

但诗确是好诗,《昭明文选》将其放在《古诗十九首》后面,也还过得去。那么作者至少是南朝时人,昭明太子也是认可的吧。

李陵不死,降了匈奴,汉武帝杀了他全家还不解恨,将帮他说话的司马迁也阉割了。但天下后世人总还有同情李陵的,这些诗便应该是同情者的诗。不仅如此,《昭明文选》还有篇《答苏武书》,也托名李陵,说什么"陵虽孤恩,汉亦负德……谁复能屈身稽颡,还向北阙,使刀笔之吏,弄其文墨耶",曾被选入《古文观止》,也应该是同情者的作品。

李陵诗

洪迈

文选编李陵苏武诗凡七篇,人多疑俯观江汉流之语,以为苏武在长安所作,何为乃及江汉。东坡云:皆后人所拟也。予观李诗云独有盈觞酒,与子结绸缪。盈字正惠帝讳,汉法触讳者有罪,不应陵敢用之。益知坡公之言为可信也。

[学其短]

◎ 本文录自洪迈《容斋随笔》卷十四。
◎ 李陵,汉武帝时为将,败降匈奴。
◎ 文选六十卷,梁昭明太子萧统选编。
◎ 苏武,武帝时出使匈奴,被扣留十九年。
◎ 惠帝,刘盈,汉高祖之子。

保 护 伞

[念楼读]

"城墙洞里的狐狸,没人用水去灌;土地庙内的老鼠,没人烧烟去熏。"说的是它们的巢穴找对了地方,有了保护伞。这乃是一句古话。后来的人,便把君王身边的亲信称为"城狐社鼠"。

《说苑》书中记载孟尝君门客的话道:"灌狐熏鼠,是通常的做法。但从来没人去灌谷神祠里的狐,去熏土地庙中的鼠。为什么呢?就是因为它们有谷神和土地爷的保护啊。"将城墙洞换成谷神祠,语词变了,意思还一样,"谷神祠里的狐狸",听起来也新鲜。

[念楼曰]

过街老鼠,人人喊打;李斯云"厕中鼠,食不洁,见人犬,数惊恐之"。土地庙里的老鼠却很安全,没人会用烟去熏它,因为怕失火。同样是鼠,有庇护没庇护,命运完全不同。

《诗经》中也有篇《硕鼠》,指的是"蚕食于民,不修其政,贪而畏人"的统治者。他们虽然贪腐,却总还有点"畏人",还不至于太理直气壮、招摇过市,像今天的陈希同、陈良宇这样"牛"。

城狐社鼠,历朝历代都会有的。鼠害再猖獗,拼着烧掉几座土地庙,也可以灭掉几窝,求得一时清静。怕就怕过街老鼠成了当道豺狼,吃起人来不吐骨头,那就糟天下之大糕了。

城狐社鼠

洪迈

城狐不灌,社鼠不熏,谓其所栖穴者得所凭依,此古语也。故议论者率指人君左右近习为城狐社鼠。予读说苑所载孟尝君之客曰:狐者人之所攻也,鼠者人之所熏也,臣未尝见稷狐见攻、社鼠见熏,何则所托者然也。稷狐二字甚奇且新。

[学其短]

◎ 本文录自洪迈《容斋四笔》卷第二。
◎ 《说苑》二十卷,汉刘向撰,所引见卷十一《善说》。

陆游文十篇

岑 参 的 诗

[念楼读]

　　从少年时代起，我就十分喜欢岑参的诗。住在乡下时，在外面喝了酒，带醉归来，往睡椅上一躺，总爱叫孩子们朗诵岑诗。听着听着，不觉移情，慢慢酒意便消，或竟颓然入睡，身心都安适了。

　　我觉得，除了李白、杜甫，在诗的世界里，成就没有比岑参更伟大的了。

　　今年从唐安调来嘉州，这里是岑参工作和生活过的地方。于是我在公廨里为他画了像，又辑录他的遗诗八十多首，刻印成集，供爱好并懂得诗歌的人来读。这不仅是为嘉州保存文化历史，也是替自己还愿——还我这一生中对岑参许下的心愿。

[念楼曰]

　　题跋是陆游最好的文章，我以为。

　　古人的题跋，也有庸俗应酬、敷衍塞责的，但像东坡、山谷、放翁等大手笔，究竟不太屑于这样做。他们的文笔真好，从中看得出作者的真感情、真见识，其价值已远远超出一般书话书评所能达到的最高境界。

　　我在书业中时，也学着写过些书话书评，想努力和读者交流一点艺术的体验或人生的感悟。且不说自己在这两方面的所知本来就浅陋，讲不出什么东西来；便是几句文章，也总写不好。看来今后仍只能小抄小贩，借以藏拙，把此类文章让给比自己高明的人来写。

跋岑嘉州诗集

陆 游

予自少时绝好岑嘉州诗,往在山中,每醉归,倚胡床睡,辄令儿曹诵之,至酒醒或睡熟乃已。尝以为太白子美之后,一人而已。今年自唐安别驾来摄犍为,既画公像斋壁,又杂取世所传公遗诗八十余篇刻之,以传知诗律者。不独备此邦故事,亦平生素意也。

[学其短]

◎ 本文录自陆游《渭南文集》卷二十六,文末原署"乾道癸巳八月三日,山阴陆某务观题"。

◎ 陆游,字务观,号放翁,南宋山阴(今浙江绍兴)人。

◎ 岑嘉州,指唐诗人岑参,他曾任嘉州(今四川乐山)刺史。

◎ 唐安,今四川崇庆。

◎ 犍为,嘉州的古称。

不 如 不 印

[念楼读]

　　荣州的地方官，给我送来了这部新刻印的书。

　　刻书印书，当然是好事，但好事也得做好才行。现在读了点书做了官的人，到哪里都喜欢刻书印书，却一点也不注重编校的质量，印出来的书错字连篇。拿了这样的书送人、发卖，使之流行全国，这不是为读者服务，而是在祸害读者，不是发扬文化，而是糟蹋文化。

　　刻印出这样的书来，真不如不刻不印还好一些，唉！

[念楼曰]

　　此时陆游在成都范成大那里当参议官，文名越来越大。三荣守给他送书，肯定有求名之意，不料却挨了这样一个大嘴巴。

　　常说"伸手不打笑脸人"，如今"读书类"报刊上的批评声音本来就少，或一见焉，字里行间又每透露出宿怨的痕迹，或则借题发挥；能够就事论事，批评不避亲，"阿弥岭的鬼——寻熟人"的盖少，伸手打笑脸人的就更少了。难道随着时代进步，世故反而更深了吗？

　　印书要少错，关键在校对。有云校书如扫落叶，言其难得干净也。第一要能识错，这就先要懂得书，懂得作者的意思；第二要视错如仇（校雠就是校仇），必去之而后快。这样的人，又哪里是几元钱一千字的工钱能雇得到的呢？

跋历代陵名

陆　游

三荣守送来.近世士大夫所至喜刻书版.而略不校雠错本书散满天下更误学者.不如不刻之愈也可以一叹

[学其短]

◎ 本文录自陆游《渭南文集》卷二十六。文末原署"淳熙乙未立冬，可斋书"。淳熙，宋孝宗年号。可斋，陆游书室名。

◎ 三荣，荣州的别称，即今四川荣县。

信 运 气

[念楼读]

　　写《燕歌行》("汉家烟尘在东北")的唐代大诗人高适,渤海郡人,表字仲武。编这本《中兴间气集》的先生,也署名"渤海高仲武",却是另外一人。

　　高适诗作的高妙,用不着说了。这位高仲武先生的诗学,从他对诗人和诗的评语来看,却实在不敢恭维。其庸俗、鄙陋,和近世《宋百家诗》中的小序,正是一路货色。

　　唐代是诗的时代,作诗的高手如林,对诗有理解、能选能评的人也应该不会少。可是流传到今天的,却是这《中兴间气集》,是这位高仲武先生的点评。所谓"文章千古事",看来这"事"在很大程度上还得靠运气。

　　不过话又说回来,这位高先生毕竟是唐人,他选的毕竟是唐诗。《中兴间气集》里还是有不少好诗好句,尽可供后人欣赏,只是不要去看那些点评就是了。

[念楼曰]

　　曾国藩尝自为墓志铭:

　　　　不信书,信运气。公之言,告万世。

或以为黑色幽默。而见如今写武侠小说尚不如平江不肖生、还珠楼主的文化商人,被奉为文学大师带博士生,民国年间摆在地摊上卖的《十二金钱镖》,改编成电影竟得了奥斯卡金像奖,则亦不由得你不信运气也。

跋中兴间气集

陆　游

高适字仲武，此集所谓高仲武乃别一人，名仲武，非适也。议论凡鄙，与近世宋百家诗中小序可相甲乙。唐人深于诗者多，而此等议论乃传至今，事固有幸不幸也。然所载多佳句，亦不可以所托非其人而废之。

[学其短]

◎　本文录自陆游《渭南文集》卷二十七，二篇录一。

天风海雨

[念楼读]

从来写牛郎织女,总离不开山盟海誓,难舍难分;总把环境设定在情人久别重逢的场合,温馨而私密……

只有苏东坡咏七夕的这首《鹊桥仙》,写仙子凌空挥手,告别尘寰;伴随她的只有长空吹过的风,星海飞来的雨。这是多么超凡脱俗,完全屏弃了啼笑姻缘欢喜冤家的模式,进入到彼岸——高出我们的理想世界中去了。读起来的感觉,已不是感伤,更不是片刻欢娱,而是清空高洁,是净化了的心灵。

搞创作的人,是不是可以从此悟出一点什么来呢?

[念楼曰]

东坡《鹊桥仙·缑山仙子》:

缑山仙子,高情云渺,不学痴牛骏女。
凤箫声断月明中,举手谢,时人欲去。
客槎曾犯,银河微浪,尚带天风海雨。
相逢一醉是前缘,风雨散,飘然何处。

作为七夕词确实十分杰出。杰出就杰出在别人都写"痴牛骏女",他却"不学痴牛骏女"。这又不是故意别拗一调,而是有他个人的立意、个人的创作手法作骨子,此其所以为东坡。

我没有学过文学,对于这方面的事,向来不敢多谈。放翁对昔人作诗"率不免……"的批评,倒使我想起了如今创作和出版上的"一窝蜂"现象。一个宝贝走了红,就有无数个宝贝;一个格格赚了钱,就有无数个格格。天风海雨这类属于彼岸的东西,只怕早就过时了。

跋东坡七夕词后

陆 游

昔人作七夕诗,率不免有珠栊绮疏惜别之意。惟东坡此篇居然是星汉上语。歌之曲终,觉天风海雨逼人。学诗者当以是求之。

[学其短]

◎ 本文录自陆游《渭南文集》卷二十八。文末原署"庆元元年元日,笠泽陆某书"。庆元,宋宁宗年号。笠泽,太湖古称,陆氏所居鉴湖古一名太湖,故亦称之。
◎ 珠栊绮疏,精巧的窗户,引申为美好的房室。

忆 儿 时

[念楼读]

　　还记得十三四岁的时候,我跟着先父住在城南的别墅里。有次偶然在藤床上见到一部陶渊明的诗集,拿着看看,觉得有味,便慢慢地开始读。一读读到天色向晚,家里人喊我去吃晚饭。我正读得高兴,三喊四催,总不肯把书放下,直到天黑,硬是没有去吃这一餐。

　　如今回想起来,这件事情还是清清楚楚的,就像几天前才发生的一样。可今年已是庆元乙卯年,十三四岁的小孩早已变成七十出头的衰翁了。

[念楼曰]

　　这是我读过的写自己少时读书生活的文章中最好的一篇。东坡《书渊明诗》一首亦佳,却不涉及儿时。

　　我自己也写过几篇回忆自己读书生活的文字,却远不能够写得像这样有感情,又有风趣,故知此事很不容易。

　　陆游祖父陆佃(农师)是著名学者,著有《埤雅》《陶山集》,藏书甚多。父亲陆宰曾著《春秋后传补遗》,也很爱书,绍兴年间家里藏书达一万三千多卷。藤床上放着陶诗,子弟尽可翻阅;只要在用心看书,晚饭不来吃也没关系。家庭中有这样的文化氛围,有这样的读书空气,对少年儿童来说,的确是一种幸福。

　　这几年常听说要"老有所为""老有所乐"。依我看,七十衰翁能回忆少时贪读好书的幸福,并把它写出来,那就是最有所为有所乐了。

跋渊明集

陆 游

吾年十三四时,侍先少傅居城南小隐.偶见藤床上有渊明诗,因取读之欣然会心.日且暮家人呼食,读诗方乐,至夜卒不就食.今思之如数日前事也.庆元二年岁在乙卯九月二十九日山阴陆某务观书于三山龟堂,时年七十有一.

[学其短]

◎ 本文录自陆游《渭南文集》卷二十八。
◎ 先少傅,陆游称自己已故的父亲陆宰。
◎ 龟堂,陆游书斋名。

故 都 风 物

[念楼读]

　　从前天下太平时,生活在故都汴梁城内,对那里四时八节的景物、民间百姓的风情,司空见惯,觉得尽人皆知的事记录下来似乎没有什么必要。及至金寇南侵,汴京失守,倏忽已七十年,从那里出来的人,逐渐凋零殆尽,这时才显出了这本书的价值。

　　吕先生写这本《岁时杂记》的时候,还在道君皇帝即位初期的崇宁、大观年间。又过了二十来年,汴京才沦陷。难道老前辈的眼光如此深远,竟预见到了后来发生的事情吗?

　　吕公已矣,唯书尚存。现在我们这些在江南的人,却苟安旦夕,连伤怀故国、痛惜山河的心情也未必常有。翻阅此书,不禁泪下。

[念楼曰]

　　南宋被金人赶到江南,和东晋的情形相似。东晋过江诸人聚于新亭,或叹曰:"风景不殊,正自有山河之异。"皆相视流涕。唯有被时人推重为管仲(夷吾)的王导变色曰:"当共勠力王室,克服神州,何至作楚囚相对?"陆游提到新亭对泣,是痛南宋忧国无人,其诗:

　　　　不望夷吾在江左,新亭对泣亦无人。

正是这个意思。

　　世风民俗"人人知之,若不必记",倘经变故,则倏忽已为陈迹。我们这辈人亲身经历过的放诗歌卫星、全民打麻雀之类盛事,能记的还是及时记下为好。

跋岁时杂记

陆游

承平无事之日,故都节物及中州风俗,人人知之若不必记。自丧乱来七十年,遗老凋落无在者,然后知此书之不阙。吕公论著实崇宁大观间岂前辈达识固已知有后日耶?然年运而往,士大夫安于江左求新亭对泣者正未易得。抚卷累欷。

[学其短]

◎ 本文录自陆游《渭南文集》卷二十八。文后原署"庆元三年二月乙卯,笠泽陆某书"。
◎ 故都,指北宋都城汴梁(今河南开封)。

提 个 醒

[念楼读]

　　古时的作者，读书读得多，识的字也多，写文章时偶尔用上几个古字，正是随手拈来，本无心分别字体的今古，更不是为了炫耀自己的学识。

　　现今的作者，却偏要从《史记》《汉书》中寻些后来已经不用了的古字，将其装点在自己的句子里，以此表现自己的"高水平"。殊不知在他们得意扬扬的时候，已经有人忍不住要笑呢。

　　偶然见到这部《古字韵编》，正是为装门面服务的书，便在上面写下这几行，给年轻人提个醒。

[念楼曰]

　　清朝末年，章太炎提倡"复古"（当然他有反对清政府的目的），故意从先秦古籍中找些早已死去的古字来用。周氏兄弟曾从之读书，也一度染上这毛病，所作《摩罗诗力说》《文化偏至论》等，内容平平，徒作古奥状，实在不足为训。

　　如今知识和书籍早成了商品，得按主顾的需求备货，内容是否有益，有时便顾不上多想。所以老残在东昌城书店里看见的书，大半是"三百千千"，再就是《八铭塾钞》，正属于《古字韵编》一类。还有文海楼、文瀚楼请马二先生、匡超人精选的《三科乡会墨程》等，即所谓教辅、教参，亦是出版社的财源利薮，我们哪敢学放翁的样，提醒年轻朋友少看少买。但求老板们在敦请处州马纯上、乐清匡迥诸位大家名家来精编精选的同时，还能为真正读书人想读的书留一线生机和几畦园地。

跋通用古字韵编

陆游

古人读书多,故作文时偶用一二古字,初不以为工,亦自不知孰为古孰为今也。近时乃或钞缀史汉中字入文辞中,自谓工妙,不知有笑之者。偶见此书,为之太息,书以为后生戒。

[学其短]

◎ 本文录自陆游《渭南文集》卷二十八。文末原署"己未三月二十四日,龟堂识"。

今昔不同

[念楼读]

　　王右军的《乐毅论》，字形虽小，而笔意奔放，气势开张，给人的印象不像是小字。"上皇山樵"的《瘗鹤铭》摩崖刻石，字形虽大，但结构紧凑，笔画收敛，给人的印象又不像是大字。

　　后世书法家之所以永远只能抬起头望前辈，甚至抬起头还望不到，恐怕正是在这些地方。

[念楼曰]

　　我本来是很不赞成说"一代不如一代"的。小时看《江湖奇侠传》，桂武小两口要一重门一重门地打出丈人家，妹妹、嫂子把守的几张门还容易过，丈母娘那里便差一点出不来，临到老外婆将铁拐杖一摆，就只有磕头哀求的份儿了。反正徒弟总打不过师傅，这便是传统文化之精髓，什么派全都一样。

　　当时看这些书，也津津有味，不觉得有什么不对。直到自己胡子头发白了，才感到年岁硬是不饶人，如说越老反而越强，只能是存心说谎。而世间所有技艺，纪录也总在创新，古希腊人跑马拉松也绝对赶不上如今的选手。

　　但是在艺术创作上，有时今人确实难以企及昔人。只谈书法，现代有些"大师"们的字，不说难比《乐毅论》《瘗鹤铭》，就是放在"放翁五十犹豪纵"旁边，恐亦"不可仰望"。奇怪的是，他们的展览会总不停地在举行，甚至写一个"寿"字、"福"字，当场便有企业家出几十万来"买"，岂不怪哉！

跋乐毅论

陆 游

乐毅论纵横驰骋,不似小字,瘗鹤铭法度森严,不似大字,此后世作者所以不可仰望也。

[学其短]

◎ 本文录自陆游《渭南文集》卷二十九。文末原署"庚申重九陆某书"。庚申,南宋宁宗庆元六年。

◎ 《乐毅论》,王羲之所书法帖,小楷四十四行。

◎ 《瘗鹤铭》,传为南朝梁时摩崖刻石,原刻在焦山(今属江苏镇江)西麓石壁上。

想 鉴 湖

[念楼读]

　　我家住鉴湖北岸，牧童们常在湖边放牛。每当轻风将树上的枝叶吹得微微颤动，青草地在初升的阳光照射下，升起一层有如薄雾的轻烟，牧童和牛在其中慢慢地踱着，为这番景色所吸引的我，自身也仿佛成为图画中人了。

　　自从被调到临安来编史书，经年不见鉴湖风景，觉得生活真是越来越单调，吃饭、休息都越来越乏味。现在好不容易完成了任务，可以退休了。三天之后，如果还不坚决请退，请退以后，如果不能一再坚持，坚持早日回到鉴湖去的话，我是可以指着日头发誓的。

[念楼曰]

　　韩滉的《五牛图》，已成稀世之宝。跋韩滉画牛，无一字及韩氏之画，只叙因画牛而想起故乡的牛，又因而勾起强烈的归乡之念，则画之动人可想见矣。

　　古人题画，有极好的文章，这也可以算一篇，本来将它放在"记画文"一起，因为是陆游的文章，所以还是放在这里了。

　　放翁此时已老，渴望回归故乡，回归大自然。其要求退休的决心之大，甚至指着日头发誓，这在如今恐怕是不会再有的了。

　　如今的人都怕退休，怕下台。这是什么缘故呢？是如今做官不再"无味"，而是味道越来越好了呢，还是因为找不到像鉴湖那样的好地方去养老呢？

跋韩晋公牛

陆 游

予居镜湖北渚,每见村童牧牛于风林烟草之间,便觉身在图画。自奉诏纽史,逾年不复见此,寝饭皆无味。今行且奏书矣,奏后三日不力求去,求不听辄止者,有如日。

[学其短]

◎ 本文录自陆游《渭南文集》卷二十九。文末原署"嘉泰癸亥四月一日,笠泽陆某务观书"。嘉泰,宋宁宗年号。
◎ 韩晋公,唐韩滉封晋国公,善画牛。

无聊才作诗

[念楼读]

《花间集》全是残唐五代时人的作品。天下大乱，国家不稳，平民百姓在兵荒马乱中求活命都不容易，读书人却还有闲情逸致，写出如此浪漫美丽的作品来，岂不令人叹息。

但转念一想，亦未必那时的士大夫都不忧国忧民了，而是因为有思想的人这时反而无事可做，也不让他们做，所以只好以作诗词排遣空虚无聊的缘故吧。

[念楼曰]

编《唐诗百家全集》时，我发现了一个有趣的现象：

通常认为作品最富有"人民性"，最能"反映民生疾苦"的诗人，其个人生活往往倒比较优裕，很少吃苦。最突出的例子当然是白居易，官做得大，房子建造得华美，小老婆也讨得多。他的《卖炭翁》《秦中吟》，小学生都读过，可谓深入人心；但在他的两千八百多首诗中，"忆妓多于忆民"却是不争的事实。

相反的，那些生活贫困、地位寒微或身世不幸的诗人，例如刘希夷、崔曙、周贺、寒山，他们的诗中却极少有"可怜身上衣正单，心忧炭贱愿天寒"这样的句子。

这个现象，初看似不好理解，但仔细想想，也就释然了。因为"朱门酒肉臭"的气味，这些穷酸落魄的人可能根本没有闻到过；而在真正受冻挨饿时，大概也不可能还有心情写诗，只能在压力稍小时偷着乐一乐，发泄一点个人的无聊。

跋花间集

陆游

花间集皆唐末五代时人作。方斯时，天下岌岌生民救死不暇，士大夫乃流宕如此，可叹也哉。或者亦出于无聊故耶。

[学其短]

◎ 本文录自陆游《渭南文集》卷三十。文末原署"笠泽翁书"。

张岱文十篇

不出名的山

[念楼读]

绍兴城内外,有五座不出名的山。

世上的山水,本来都是天然之物,这五座山却有点不一样。曹山和吼山,是人工采石凿出来的,并未由天做主。怪山又叫飞来山,能"飞来"就是能够自己挪地方,不服天公的安排。黄琢山老被华岩寺挡着,蛾眉山四面建起了民居,它们都藏匿起来,姿态和颜色多被遮掩了。

难道人定能胜天吗?人工开凿的不仍是天成的山石吗?叫"飞来"的不仍是天生的山峰吗?建筑再高不仍然遮不尽天然的山色吗?

人不能胜天,却可以补天。我写这五座山,只是为了补天公没替它们扬名的不足,算是继承女娲的遗志吧。

[念楼曰]

《越山五佚记》写的五座山,确实不怎么出名,如今也只有一座吼山,是绍兴的游览地。

黄裳称张岱为"绝代的散文家",谓其文"绝对不与人相同"。周作人也说"他的特点是要说自己的话"。说自己的话,即是不说和别人一样的话。《越山五佚记》写家乡山水,也是寻常题材,因为文字"绝对不与人相同",便成了自具特色的作品。

越山五佚记序

张岱

越中山水曹山吼山为人所造,天不得而主也。怪山为地所徙,天不得而囿也。黄琢蛾眉为人所匿,天不得而发也。张子志在补天,为作越山五佚,则造仍天,造徙仍天,徙匿仍天,匿也。故张子之功,不在女娲氏下。

[学其短]

◎ 本文录自张岱《琅嬛文集》卷二。

◎ 张岱,字宗子,号陶庵,晚明山阴(今绍兴)人。(以下不再注明)。

◎ 越山五佚,意谓绍兴(古称越州)郡城内外五座不知名的山。

出 游 通 知

[念楼读]

　　有幸住在名胜之区,脚下全是好山好水;更有幸都成了闲人,聚会无需假装正经。乌篷船恰能容我们几个,下酒菜也只需带两三盆。服装任意,茶饭随心。侃起大山来哪怕不着边,爱吹打弹唱亦无妨尽兴。近晚便回家,倒不必学雪夜访戴的故事;只要有兴致,斜风细雨也照样可以出门。特此邀各位前来,再续快游的好梦。

[念楼曰]

　　出游现在成了时髦,有双休,有长假,不少的人还有公费报销,一番盛世才有的"与民同乐"的样子。其实古人只要能免于匮乏,免于恐惧,也是很爱游,而且很会游的。

　　张岱的游踪,不出苏鲁浙皖四省,比今天一个科长还不如。但从文章看,他"游"的品位和"游"给他的美感都是无以复加的。即以这一则小启为例,游必须有友,友必须有趣而且有闲,有共同的理解和赏识,此便是深知游道三昧才说得出的话。

　　小时候读书,"浴乎沂,风乎舞雩"和"且往观乎,洧之外"的情景,最使我神往。及至成年,先戴铁帽子,后背十字架,殊少快游,徒生遐想。如今倒是不乏被照顾出游的机会,缺少的却是同游的人,有些机会只好放弃。

　　《游山小启》是一篇骈文,全用对偶句,别有意趣。如今此种文体渐成绝响,"念楼读"试着用语体拟写,却全不成样子。

游山小启

张岱

幸生胜地，鞋鞡间饶有山川，喜作闲人，酒席间只谈风月。野航恰受不逾两三，便榼随行各携一二。僧上凫下觞止茗生，谈笑杂以诙谐，陶写赖此丝竹。兴来即出，可趁樵风，日暮辄归，不因剡雪。愿邀同志，用续前游。

[学其短]

◎ 本文录自张岱《琅嬛文集》卷二。
◎ 航，船。
◎ 榼，装酒菜的容器。
◎ 僧上凫下，上面像和尚一样光着头，下面像鸭子一样赤着脚。
◎ 剡雪，典出《世说新语》，可参看《之乎者也》卷第16页《乘兴》。

二叔的笔墨

[念楼读]

二叔署理陈州时,敌军到了三十里外,全城戒严。有位老朋友冒险来看他,城门不能开,用绳子吊进城来相见。

二叔本来会画,此时日夜守城,无暇作画,但为情义感动,仍然在灯下泼墨挥毫,给老朋友画了这幅山水。

二叔和他这位朋友的行为,都不是平常人能够有的。看此画笔触,瘦硬倔强,剑拔弩张,犹能想象二叔当年扼守孤城面对如林剑戟的神气。

[念楼曰]

张岱《家传·附传》中,有一节谈到了他的二叔:

> 仲叔讳联芳,字尔葆,以字行,号二酉。……喜习古文辞,旁攻画艺。少为渭阳石门先生所喜,多阅古画。年十六七,便能写生,称能品。后遂驰骋诸大家,与沈石田、文衡山、陆包山、董玄宰、李长蘅、关虚白相伯仲。……署篆陈州,时贼逼宛水,刀戟如麻。仲叔登陴死守,日宿于戍楼;夜尚烧烛为友人画重峦叠嶂,笔墨安详,意气生动。识者服其胆略。

此节与本文参看,可见:(一)寥寥数语写不平常事,却全是纪实,并无虚言。(二)题画是艺术文,形容画法如蝟毛倒竖,夹有剑戟之气,给读者的感觉,则与《家传》所云"笔墨安详"者有异。材料掺不得半点假,口味却可以做出迥然不同的来,此正是特级厨师的手艺。

题仲叔画

张岱

余叔守孤城,距贼垒三十里,有故人缒城来访余叔,多其高义,就灯下泼墨作山水赠之。此二事皆非今人所有,故此画皴法如蝟毛倒竖,稜稜砺砺,笔墨间夹有剑戟之气。

[学其短]

◎ 本文录自张岱《琅嬛文集》卷五。
◎ 仲叔,张联芳,字尔葆,号二酉。

考 文 章

[念楼读]

张君的文章,去应试没有考上。如今将它印出来,不是想说明张君的考运差,而是想说明张君考运差的原因,还在他自己的文章上。

八股文章,就是写给那么一些人看的。硬要写成上帝召凡人去做的庆祝天上白玉楼落成那样的文章,又不是给七岁能诗的李长吉看,其不能被赏识,就是很自然的了。

文章印出来后,张君拿来给我看,看得我目瞪口呆。我说:"这哪能是试官考学生的文章,简直是学生考试官的文章呀!"听到的人,无不哈哈大笑。

[念楼曰]

一个人写出文章来,交由另外的人去评定甲乙,打分数,定取舍,本来是上帝也未必能办好的事情,故俗谚云:

　　　　一缘二运三风水,四积阴功五读书。

也就是说,试官考童子,想凭文章考上,从来就是靠不住的。如今虽有统一命题,恐怕也还是如此。

李商隐作《李贺小传》,谓其"细瘦通眉长指爪","将死时,忽昼见一绯衣人,驾赤虬,持一版书,若太古篆或霹雳石文者",云"帝成白玉楼,立召君为记",贺"下榻叩头",随即死去。这是宋玉《招魂》、王尔德《渔人和他的灵魂》的写法,正适合李贺这位"鬼才"。张岱在这则短文中,用的便是此典。

跋张子省试牍

张 岱

刻张子遗卷,非怪张子之不遇也,欲以明张子之不遇也。张子自有以不遇之也。区区括帖家为地甚窄,乃欲以太古篆作霹雳文,非李贺通眉长爪能下榻便拜乎。刻成张子持以示余,余读毕张口不能翕。曰:此不是试官考童子文,乃童子考试官文也。闻者大噱。

[学其短]

◎ 本文录自张岱《琅嬛文集》卷五。

写景高手

[念楼读]

　　写景的高手,古人第一该推郦道元,第二该推柳宗元,近世便得算袁宏道。

　　读《寓山注》,见大雅若拙,不作时世妆以媚俗,骨子里感觉到了《水经注》的影响。一景一物,题材范围很窄,难得的是寄托却很旷远;深情丽色,亦能以简淡的笔墨出之,这一点又像《永州八记》。而其创词炼句,却又能力避庸熟,自出心裁,给人的印象是既新鲜,又干净,首首都很漂亮,比得上袁中郎写浙西山水的名篇。

　　能够将郦、柳、袁三人写景的笔杆子抓起来,再写下去,如今恐怕就只能借重注"寓山"的这一位了。

[念楼曰]

　　祁彪佳《寓山注》的文章确实写得漂亮,本书"写景文十篇"中也收入了他的一篇《水明廊》。

　　文章写到明朝中叶,八大家的路子已经走到了尽头。有这方面兴趣和天赋的人,不得不求新求变,张岱和祁彪佳便是这方面成绩突出的好手。写园林不称记、志、叙而称"注",似是初创,这则跋语的写法也不多见。

　　不过最要紧的还是真本事。文章要写得好,引人读,耐得读,若无自己的思想和文采,光靠在形式上"出新",则如小孩子砌积木,颠来倒去也无法出奇制胜。

跋寓山注

张岱

古人记山水手,太上郦道元,其次柳子厚。近时则袁中郎,读注中逎劲苍老,以郦为骨,深远冶淡以柳为肤,灵巧俊快以袁为修眉灿目,立起三人奔走腕下。近来此事不得不推重主人。

[学其短]

◎ 本文录自张岱《琅嬛文集》卷五。

◎ 《寓山注》,可参看第 60 页《寓山的水》。

米 家 山

[念楼读]

　　学画米家云山的人，总想画出满纸烟云、朦胧掩映的效果，所以一动手就放笔直干，几乎全是泼墨。殊不知米家父子作画之前，胸中自有丘壑，整个画面的轮廓早布置好了，何处该实，何处该虚，何处该粗，何处该细，再用他们独有的技法点染而成。这看似信笔而为，并不刻意摹写，其实为了一幅水墨云山，真不知得付出多少精神，多少气力。

　　从前有位书法名家对人说："因为太匆促，所以来不及作草书。"学画米山的人，总要懂得这一层意思。

[念楼曰]

　　此一则也是为别人的画题跋，却无一语道及其人其画，好像有点"跑题"，至少是"缺乏具体分析"，阅卷老师未必给高分，我则以为它能得作序跋的妙义。

　　为人作序跋也真难（写"书评"则更难），何况顾亭林在《日知录》中的挖苦话，"人之患，在好为人序"，老像神话中的利剑那样悬在头顶上。但推托有时又难为情，那么也只有跑题，在别人的命题下写自己的文章。你画米山，我就从米山谈到古人"忙促不及作草书"，只要能谈出一点半点道理，又谈得有味道，亦即有益于人，可以交卷了。

再跋蓝田叔米山

张岱

画米家山者,止取其烟云灭没,故笔意纵横几同泼墨,然不知其先定轮廓后用点染,费几番解衣盘礴之力也。昔之善书者谓忙促不及作草书,正须解会此意。

[学其短]

◎ 本文录自张岱《琅嬛文集》卷五。
◎ 蓝田叔,作者的族叔。
◎ 米家山,宋代米芾、米友仁父子以大笔触的水墨表现烟雨云山,世称"米家山",简称"米山"。
◎ 解衣盘礴,典出《庄子》,可参看《逝者如斯》卷第132页《真能画的人》。

我

[念楼读]

  理想呢，早已无影无踪。
  事业呢，成了逝去的风。
  为国捐躯最好，却怕打冲锋。
  也想下田种地，腿脚又抽筋。
  写书写了二十年，只留下废纸若干斤。
  就是这样一个人，大家看呀，中不中？

[念楼曰]

  张岱这一首自白辞，牢骚真的十分"盛"，用句通俗话来形容，真的只怕他肠子都悔青了。在日丹诺夫、姚文元一类文化奴才总管看来，写这几行东西的人，若非反动派卖国贼，定是投降派寄生虫，实在非"严肃处理"不可吧。

  张岱说他砍头怕痛，所以没有做忠臣。但他本来只是个大少爷，并未做过明朝的官，因为已经写了十七年的明史《石匮书》尚未写完，于是"披发入山"，"以世家而下同乞丐"，在贫穷中继续著述，终于完成了此书和它的后集。这和他的《琅嬛文集》《陶庵梦忆》一样，都是汉文学的瑰宝，而绝不是如他所说的"仅堪覆瓮"的废纸。在这里，他不过开开玩笑罢了。

  专制之一恶是开不得玩笑。审查文字有如看犯人供词，必须句句属实。金圣叹死时开玩笑，乃是对屠夫的蔑视，也被骂为小丑。欲人人都抄（肯定不可能人人作得出，故只能抄）两行"孔曰成仁，孟曰取义"再死，这死岂不也太难了吗？

自题小像

张岱

功名耶落空,富贵耶如梦,忠臣耶怕痛,锄头耶怕重,著书二十年耶而仅堪覆瓮之人耶有用没用。

[学其短]

◎ 本文录自张岱《琅嬛文集》卷五。
◎ 功名耶落空,"空"字读如"钻空子"之"空"。

人 和 狼

[念楼读]

中山狼的故事大家都熟悉,却不知道当东郭先生帮狼藏起来,骗走猎人以后,狼立刻龇牙露齿,要吃东郭先生,这时在人狼之间,还有如下一番对话:

"唉,狼啊,你怎能忍心吃我老头?也不想一想,我如果不救你,你自己的肉还不知会被谁吃呢?难道你连救命恩人都忍心吃吗?"

"不错,你是救了我。但你是人,我是狼啊。狼饿了,就是要吃人的,哪有心思分别你是老是小,是恩人还是仇人呢?"

"唉,看来你真要吃我了,残忍的狼啊,你真是一头狼啊!"

[念楼曰]

《伊索寓言·农夫与蛇》末云:

　　这故事说明,邪恶的人是不会变的,即使人家对他十分的慈善。

不过咱们添上了后面一节,终于又骗得狼重新钻入袋中,结果依然是善有善报、恶有恶报,或曰"公理战胜"。

我们教小孩子唱打倒野心狼唱了许多年,这种教训我看是终归无用的。还是狼说得对:"你是人,我是狼。"价值判断本自不同,道德标准怎能一致。至于迦尔洵说:

　　狼不吃狼,人却欣然地吃人呢。

则是另类文章,又当别论。

中山狼操

张岱

[学其短]

东郭先生匿中山狼,给猎者去.狼磨牙欲食之.悔而有作.吁嗟狼兮尔乃食予.予不尔救尔将食谁.狼曰余饥所见惟食.不问恩仇不择肥瘠.狼兮终忍食余兮狼兮.终忍食余兮狼兮.

◎ 本文录自张岱《琅嬛文集》卷六。

◎ 中山狼,明马中锡著寓言《中山狼传》,后康海又作杂剧《中山狼》演其事。

◎ 操,琴曲的词。

茶壶酒壶

[念楼读]

　　宜兴陶艺最讲究制茶壶，龚春所制的当然是第一，其次是时大彬，再其次就要推陈用卿了。

　　锡工精制酒壶，则以王元吉称第一，归懋德数第二。

　　茶壶不过是一种陶器，酒壶不过是一种锡器。可是上面这些人制作的壶，一脱手每把就要值五六两银子，陶土和锡的价格，竟相当于同等重量的白银，岂不是天大的怪事。

　　不仅如此，这些茶壶酒壶，有的还上了收藏鉴赏家的橱架，居然与商周青铜古物并列，一样地受到珍重。这就充分说明，它们和它们的制作者，在人们的心目中占有怎样的地位。

[念楼曰]

　　为文介绍创作，最怕胡吹乱捧，形容词满天飞，"大师"帽子随便戴。当写武侠、言情通俗小说的人都被捧成了"大师"，这类吹捧文字便堕落成了街头巷尾的小广告，自爱者决不屑为，也不会看。

　　本篇对龚春诸人亦可谓极致倾倒，却通篇无一形容词。"绝代散文家"（黄裳语）的笔墨，真不可及。更重要的是，他介绍的龚春、时大彬……都是真正的大师。如今一把供春壶的价格好几十万，比"五六金"又高出了几千倍。此全靠其本身的"品地"，而断非文章之力，即使是绝代的文章。

砂罐锡注

张岱

宜兴罐以龚春为上,时大彬次之,陈用卿又次之。锡注以王元吉为上,归懋德次之。夫砂罐,砂也;锡注,锡也。器方脱手,而一罐一注价五六金,则是砂与锡与价其轻重正相等焉,岂非怪事。一砂罐一锡注直跻之商彝周鼎之列而毫无惭色,则是其品地也。

[学其短]

◎ 本文录自张岱《陶庵梦忆》卷二。

他读的书多

[念楼读]

张伯起印了一部集注《文选》的书,有位先生就问:"书名叫《文选》,为什么却选了这么多诗?"

"都是昭明太子选的,总有他的道理吧。"

"昭明太子现在在哪里?"

"死了。"

"既然死了,就不找他的毛病算了。"

"就是没死,他的毛病也难找。"

"为什么呢?"

"他的书读得多呀。"

[念楼曰]

刘勰《文心雕龙》说:"今之常言,有文有笔,以为无韵者笔也,有韵者文也。"此盖是南北朝时期对文体区分的共识。编《文选》的昭明太子萧统,比刘勰约小三十五岁,又早死约十年,可算同时代人,故《文选》选韵文(当然包括诗)乃是最正常不过的事情。

"一士夫"却硬要质疑:"既云文选,何故有诗?"其实这和硬要将读书人开始做官说成"致仕"也差不多,问题不过只是欠缺了一点常识。金文明(《咬文嚼字》月刊编委)忍不住要说话,像张岱这样极简单几句就行了,既可解人颐,也免伤和气。

不死亦难究

张 岱

张凤翼刻文选纂注。一士夫语之曰:既云文选,何故有诗张曰昭明太子为之。他定不错曰昭明太子安在张曰已死曰既死不必究他张曰便不死亦难究曰何故张答曰他读得书多。

[学其短]

◎ 本文录自张岱《快园道古》卷四。
◎ 张凤翼,字伯起,明长洲(今苏州)人。
◎ 文选,梁昭明太子萧统编撰,亦称《昭明文选》。

郑燮文九篇

对 不 住

[念楼读]

我知道自己的诗格调不高,尤其是七言律诗,大有陆放翁的毛病——浅,不止一次有老朋友提出批评。但也有人不知是出于错爱或什么原因,还是建议我将它们印成集子。想来想去,觉得自己的本事只这么大,就是再做努力,也未必能写得更好。于是便没有听从批评,反而接受了建议,真是对不住读者了。

[念楼曰]

萝卜白菜,各有各爱,因为各人有各人的口味。萝卜白菜尚且如此,文学作品并不是实用的东西,就更不可能有什么统一的标准。所以作家的确不必太听批评家的话,只要自己想写想发表,写和发表便是了。

真正的文学批评,也是一种作品,作者同样有写作和发表的自由,不过不应该要求别人一定得听,正如文学作品不能要求别人一定得看,看了一定得说好。

板桥的诗,本来不如其文,也不如其词其道情,但也还是可读可存的。看来他当时没听批评,反而接受了出诗集的建议,并没有错。

陆放翁是伟大的诗人,但他有些诗境界浅露,含蕴不足,也是公认的。"六十年间万首诗",写得太多,又哪能首首都是精品,有的也只能"对不住"他自己和读者。

郑板桥有此自知,把话先说出来,似乎更高明一点。

前刻诗序

郑燮

余诗格卑卑,七律尤多放翁习气,二三知己屡诟病之,好事者又促余付梓,自度后来亦未必能进,姑从谀而背直惭愧,汗下如何可言。

[学其短]

◎ 此九篇均录自郑燮《板桥全集》。本文录自诗集卷,文末原署"板桥自题"。
◎ 郑燮,号板桥,清兴化人。(以下不再注明)

鬼 打 头

[念楼读]

　　郑板桥的诗，勉强能够刻印出来呈献给读者的，全都在这里了。

　　在我身后，无论用什么名义"增编""补辑"，将平日为了交差应请，胡乱写出来的东西，勉强杂凑再来出版，都是违背我的意愿的。死若有知，我一定会为此气得发狂。硬要干这事的混蛋，难道就不怕我的鬼魂会来打你的头吗？

[念楼曰]

　　从上一篇《前刻诗序》看，郑板桥不听批评，坚持要刻印自己的诗，还是很有发表欲的。从这一篇《后刻诗序附记》看，他又很怕身后别人将他的"无聊应酬之作"拿来印行，要化"为厉鬼以击其脑"。其实坚决要印和坚决不印，都是为了珍重作品、珍重读者，前后一致，并不矛盾。

　　作者一生中所写的东西，未必都有发表的价值。无聊应酬之作不必说了，还有奉命来作的表态文章、应景文章、大批判文章，不仅艺术上未必能给本人增光，政治上事过境迁也多半过时了。作者如果悔其前作，或者爱惜羽毛，不愿意再翻旧衬衣，也应予以理解。

　　当然，为了研究人和史，有时也有搜辑遗文的必要。若只是为了牟利，把爷娘亲自删去的房帏私语搬出来充卖点，将先人日记任意改动后再卖钱，就太不堪了，难道就不怕鬼打头吗？

后刻诗序附记

郑燮

板桥诗刻,止于此矣。死后如有托名翻板、将平日无聊应酬之作改窜阑入吾必为厉鬼以击其脑。

[学其短]

◎ 本文录自郑燮《板桥全集·诗集》。

不求人作序

[念楼读]

我出书向来不喜欢求人作序。请领导同志写吧,不免有拉大旗充虎皮的嫌疑,想沾光反而丢脸。请专家学者写吧,又得热脸挨冷脸,忍受那种居高临下爱理不理的态度,还不如不要那几句表扬。

写几封家信,本不是作文章,当然更写不出什么好的文章来。如果有人对它还感兴趣,也许可以看一看,不感兴趣便当作废纸处理好了,那就更加无须请人作序了。

[念楼曰]

出书求人作序,如今在书评报刊上遭讥讪荼毒的,已经够多了,看起来实在可怜。我倒觉得,讥讪的锋芒不必老是对着可怜巴巴的求序者,而应该对着"好为人序"的名家大家们。若天下没这么多人好为人序,好当主编(主编往往和作序一身二任),泡沫书、垃圾书起码要少一半,真正做了好事。

其实我完全不反对书前有序,而且还很喜欢读写得好的序文,而且还不一定同时要读序后的正文。序文比所序的书有更强更久的生命,这样的例子真不少。这就必须:(一)序文对所序的书有真正独特的见解,(二)作序者对其人其事有真正深厚的感情,(三)是篇好文章。这样的序,只读它不读其书,也不会吃亏;问题就是这样的序文实在难得一见,恐怕也不是"求"能够求得到手的。

家书自序

郑燮

板桥诗文，最不喜求人作序。求之王公大人，既以借光为可耻。求之湖海名流，必致含讥带讪，遭其荼毒而无可如何。总不如不序为得也。几篇家信，原算不得文章，有些好处大家看看，如无好处糊窗糊壁覆瓿覆盎而已，何以序为。

[学其短]

◎ 本文录自郑燮《板桥全集·家书》。文末原署"郑燮自题，乾隆己巳"。

胸 无 成 竹

[念楼读]

　　晁补之为文与可（文同）画竹作诗，云：

　　　　与可画竹时，胸中有成竹。

苏轼在《文与可画筼筜谷偃竹记》中说得更好：

　　　　故画竹必先得成竹于胸中，执笔熟视，乃见其所欲画者，急起从之，振笔直遂，以追其所见，如兔起鹘落，少纵则逝矣。

这是大作家对大画家作画经验的总结，文章也写得气势生动，读之正如看文氏的画，活灵活现，动人极了。

　　但我的画竹，却和文氏完全不同。他画竹时胸中有成竹，我画竹时胸中却无成竹，几竿几丛，枝枝叶叶，全凭意之所向，兴之所至，自由挥洒而成。往往信手画出，神气反而更加具足，至少我自己看来是如此。

　　在绘画艺术上，我是后辈，怎么敢妄比前代名家。我想说的不过是，只要真理解竹子，真爱竹子，全心全意想画好竹子，作画时胸中有成竹也好，没有成竹也好，都是能够画得出来的。

[念楼曰]

　　文同是画竹名家，苏轼更以"三绝诗书画"而兼旷代文豪，其权威性自不待言。若在现代，绝对的权威如是说，跟着做阐释、做详解、立学派的人，真不知会有多少，怎么敢公然立异？此其所以为郑板桥乎。

题画竹一

郑燮

[学其短]

文与可画竹胸有成竹．郑板桥画竹胸无成竹．浓淡疏密短长肥瘦随手写去．自尔成局其神理具足也．藐兹后学何敢妄拟前贤然有成竹无成竹其实只是一个道理．

◎ 本文录自郑燮《板桥全集·题画》。
◎ 文与可，名同，宋画家。

文 与 画

[念楼读]

　　住在江边，秋天早晨起来看竹。初阳刚照上竹林，露气化成缕缕轻烟，正在慢慢升起。晨光在枝梢间投下了或浓或淡的影子，竹叶上间或有露珠闪烁发光……眼中的景象，觉得很有画意，心中便起了作画的冲动。但是我心中的竹子，却要比眼中的更高雅，更潇洒，更美……

　　回到屋里，磨好墨，铺开纸，动起笔来。纸上立刻出现了竹的形象。我极力想画出我心中的竹子，可是笔下画出来的，却又总是跟它有距离，总还不能够完美。

　　看来，创作永远也难以达到理想的境界，艺术永远也难以将人的感觉完全表现出来。感觉永远是第一位的。只有凭着感觉，凭着对大自然之美的领悟，才有可能超越笔墨的局限，画出自己能力以上的作品来。

　　这里说的是作画，难道只有作画是如此吗？

[念楼曰]

　　中国画是文人画，不通文即不通画理，也不能成为画家。郑板桥的画名高，也是得力于他的文名和书法，至少是相得益彰，画匠画师是写不出他这样的文字的。

　　西洋画路子不同，但我想文学和美学的修养，对于所有的画家，恐怕一样重要。画西画的也有画师和画匠，他们的收入可能高于凡·高，但毕竟只是画师和画匠。

题画竹二

郑燮

江馆清秋,晨起看竹,烟光日影露气,皆浮动于疏枝密叶之间,胸中勃勃遂有画意。其实胸中之竹,并不是眼中之竹也。因而磨墨展纸,落笔倏作变相,手中之竹又不是胸中之竹也。总之意在笔先者定则也,趣在法外者化机也。独画云乎哉。

[学其短]

◎ 本文录自郑燮《板桥全集·题画》。

润　格

[念楼读]

　　作画：八尺银六两，六尺银四两，四尺银二两。

　　书法：条幅、对联银一两，斗方、扇子银五钱。

　　板桥书画，只收白银。诸君惠顾，无任欢迎。礼品食物，请勿费心。非我所好，概不领情。白银兑现，其乐融融。画会画得好，字更有精神。近乎不必套，赊欠更不行。闲话请尽量少讲，留下时间给老夫写字画画是正经。

[念楼曰]

　　润格便是文人卖文、画家鬻画的价目。他们既然以此为业，取酬便是理所应当。不过以前润格由作者自定，愿者上门；如今则标准由买方掌握，爱给多少给多少罢了。

　　此文于风趣中表现出清贫画家的耿直和无奈。他定的润格其实相当低。清末林琴南的画，八尺润金四十八两；顾鹤逸每尺二十五两，八尺高达二百两。顾、林的画品，其实尚不及板桥。如果还任人揩油，或以少许礼品食物来套取，板桥道人岂不会揭不开锅盖？

　　民国郭守庐卖文小启，也貌似取笑，实为讽世，后二节云：

　　　　妻不会卖乖鬻俏，子不会得势拿权。一支秃笔，与我生命相连。没甚新鲜，为的金钱。

　　　　当不上旧式名流，交不上时髦政客。没字招牌，哪里有人认得。管甚黑白，出张润格。

板桥笔榜

郑燮

大幅六两,中幅四两,小幅二两,书条对联一两,扇子斗方五钱。凡送礼物食物,总不如白银为妙。公之所送,未必弟之所好也。送现银则中心喜乐,书画均佳。礼物既属纠缠,赊欠尤为赖账,年老神倦,不能陪诸君子作无益语言也。

[学其短]

◎ 本文录自郑燮《板桥全集·杂著》。

◎ 笔榜,润格(取酬标准)。传世文后有诗:"画竹多于买竹钱,纸长六尺价三千,任渠话旧论交接,只当秋风过耳边。"末署:"拙公和上(尚)属书谢客,板桥郑燮。"乃是为和尚画竹的题诗,笔榜则是临时添写的。

难 得 糊 涂

[念楼读]

难得糊涂,难得糊涂。

人要聪明,难。人要糊涂,我看也难。聪明的人,要学得糊涂,那就更难了。

人生还是糊涂一点好啊。要挖空心思应付的问题,先将它摆一摆再说吧。出现了升官发财的机会,让别人先去争取吧。凡事不必抢,不必争,也不必信先吃亏后占便宜的鬼话,只图眼前少费劲少伤脑筋。正如《沙陀搬兵》中李克用唱的,"落得个清闲",岂不好吗?

[念楼曰]

《苦竹杂记》中有《模糊》一篇,讲郝兰皋、傅青主,云:

> 模糊与精明相对,却又与糊涂各别。大抵糊涂是不能精明,模糊是不为精明。

但板桥明谓"由聪明而转入糊涂更难",那么原不是说天生的糊涂虫难得,企慕的也正是知堂所喜欢的郝傅一流也。

郝君的家奴散出后入县衙充书役,相逢"仰面径过",置之不理;善本书。端石砚不知为谁携去,亦遂置之。傅君家训云:

> 世事精细杀,只成得好俗人,我家不要也。

知堂接着说道:

> 目前文人多专和小同行计较,真正一点都不模糊,此辈雅人想傅公更是不要了吧?

读之不禁会心一笑,啊,这讲的是谁呢?

题额

郑燮

难得糊涂。

聪明难。糊涂难。由聪明而转入糊涂更难。放一着退一步当下心安非图后来福报也。

[学其短]

◎ 本文录自郑燮《板桥全集·杂著》。文末原署："乾隆辛未秋九月十有九日，板桥。"

雪 婆 婆

[念楼读]

　　民间俗信,十月二十五是雪婆婆的生日。过了这一天,就有可能下雪了。

　　我的生日,正好也是十月二十五,于是便请杭州身汝君给我刻了"雪婆婆同日生"这颗闲章。

　　有人说,闲章上几个字,虽说是小玩意,也要有出典,才能不失风雅,你这是什么典故啊。

　　我说,古来民间的俗话,后代成了典故的,实在很不少。《后汉书·马援列传》云,马援的儿子马廖为卫尉,上疏劝戒奢靡,引长安语曰:

　　　　城中好高髻,四方高一尺。城中好广眉,四方且半额。

唐李贤注云:"当时谚也。"谚就是民间俗语。可是后来李后主形容大周后之美,说什么:

　　　　修眉范月,高髻凌云。

文人马祖常作诗,还有这样的句子:

　　　　已知京兆夸高髻,不信章华斗细腰。

这"高髻"也就成为文人笔下的典故了。那么,今天老百姓口头上的"雪婆婆",难道后世就不会成为典故吗?

[念楼曰]

　　"五四"后胡适写《白话文学史》,郑振铎写《俗文学史》,从民谣俗谚里寻文学的源流,开了一代风气。二百年前郑板桥,已是他们的滥觞。

题印一

郑燮

雪婆婆同日生杭州身汝刻．俗以十月廿五日为雪婆婆生日燮与之同日生故有是刻或以不典为诮予应之曰古之谚语今之典今之谚语后之典宫中作高髻四方高一尺真俗语而今为典矣．

[学其短]

◎ 本文录自郑燮《板桥全集·杂著》。"雪婆婆同日生"六字为印文，以下则是"边款"即刻在印石边上的文字，下同。
◎ 宫中作高髻，见《后汉书》卷五十四，但郑燮将"城中好高髻"写成"宫中作高髻"了。

郑为东道主

[念楼读]

《左传》中僖公三十年的《烛之武退秦师》是篇精彩的好文章。烛之武说秦伯曰：

若舍郑以为东道主,行李之往来,共(供)其困乏,君亦无所害。

我正好姓郑，于是将"舍郑以为东道主"拿来，去掉一个"舍"字和一个"以"字，成了"郑为东道主"，又请朱君为我刻了一颗闲章，用于招友同游，邀人叙话，岂不正好。

《春秋左氏传》为五经之一，将传文撩头去尾，使之为我所用，也许有人会觉得不妥。其实不管是什么经典，用时都不必字字照搬。凡作文章，无论大小长短，都得自己做主。

自己做主，才是自己的文；不然的话，就只能算奴才之文了。

[念楼曰]

人民个个做了主人，奴才早该没有了。但戏台上的影子却常常挥之不去，亦未必个个青衣小帽，尽有《法门寺》《审头刺汤》里锦衣玉带的角色，但终于还是萧恩所骂的"与奴才做奴才的奴才"。

奴才的特点便是不能自作主张。尽管他有时候吆三喝四，威风十足，却全是主子命令他讲的话。

郑板桥区区"七品官耳"，却能自作主张，所以他写的都是主子文章，不是奴才文章。当然也只有在他不当县太爷以后才能如此，不然吃了朝廷的俸禄，便不得不归朝廷管，说话写文章也不得不一遵朝廷功令。

题印二

郑燮

郑为东道主,朱青雷刻。舍郑以为东道主,板桥割去舍字以字。便是自作主张,凡作文者当作主子文章,不可作奴才文章也。

[学其短]

◎ 本文录自郑燮《板桥全集·杂著》。
◎ 舍郑以为东道主,见《左传·烛之武退秦师》。

龚炜文十篇

悲哀的调子

[念楼读]

　　我对于音乐没有多少了解，只喜欢笛声的高亢清越。每当心情抑郁，觉得无聊，便取出笛子来吹。也不管吹的是什么，入耳好像都是悲哀的调子。吹着，吹着，有时泪水便不知不觉地流下来了。

　　今夜月白风清，静静地倚靠着栏杆，心境倒是少有的好。拿过笛子来，特地选了两支谱古诗的曲子。诗境本是平和的，可是不知怎的，吹出来的声音好像仍然带着一缕呜咽……

[念楼曰]

　　在古代中国的"个人写作"中，抒情全用诗歌，即所谓"诗言志，歌永（咏）言"。用散文形式作内心独白的，则极为少见。龚炜的《巢林笔谈》中，却有好些这样的文字，值得注意。

　　这篇小文写笛，可是并没有写任何一支具体的笛子和笛曲，也没有写任何一次具体的吹笛，只写他自己的笛音"往往多悲感之声"，连适意时吹的"和平之词"，"其声仍不免于呜咽"。此全是个人内心的一种感觉，他自己也不知怎的了，为什么会这样……

　　这样的题材，这样的写法，在唐宋八大家的文集中是找不着的。如果作者改用《红楼梦》《儒林外史》的白话来写，写出来便是现代的抒情散文或散文诗了。作者自谓，"四十年来视履所及，暨胸中所欲吐，稍稍见于此矣"。我以为值得注意的，正是他"胸中所欲吐"的文字，比如说这一篇。

笛音何呜咽

龚炜

予于声歌无所谙,独喜笛音寥亮。每当抑郁无聊,趣起一弄,往往多悲感之声,泪与俱垂。审音者知其为恨人矣。今夜风和月莹,阑干静倚,意亦甚适,为吹古诗一二首,皆和平之词,而其声仍不免于呜咽何也。

[学其短]

◎ 本文录自龚炜《巢林笔谈》卷四题。
◎ 龚炜,字巢林,清康乾之际昆山(今属江苏)人。

中秋有感

[念楼读]

今天晚上，又是中秋了。

未老的身心，被病耗着；大好的年华，被迫闲着。想上进的人，只怕谁都会怄气；平生无大志的我，却正可借此躲懒，并不觉得有什么难过。

可是今夜却偏偏碰上这讨厌的雨。

月光被雨云遮住了，眼前不见半点秋色，耳中也只有单调的檐溜声。

一生一世，也不知过得几个中秋，像今天晚上这样煞风景的，简直不能算数。

[念楼曰]

人生苦短，一年中有数的几个有点情趣、差堪玩味的日子，如果又因为什么缘故白白糟践掉了，例如中秋无月、重阳遇雨，的确是憾事。

但也得对文化生活有理解有追求的人才会有此感觉，专门等着通知开会的某些人殆未足以语此，当然等到了通知能够去开会可能也是他们的幸福。

我也是一个没什么文化品位的人，赏月登高乃至现代化的各种文娱活动，从来都很少参加，也没什么兴趣。不过顶不感兴趣的还是开会，已经退休，就应该"退"而"休"了，还要去开什么会呢？

中秋无佳境

龚 炜

今夕是中秋节矣．病侵强岁闲过清时．功名之士所为短气．不佞缘以藏拙．亦自不恶．但檐溜泠泠月光隐翳．绝无佳景．一生不知几度此节似此便可扣除．

[学其短]

◎ 本文录自龚炜《巢林笔谈》卷四。

自 作 孽

[念楼读]

　　任何事物，你不看重它，不争取它，绝不会不请自来，得不到它也是十分自然的。

　　求名的，把全副心思都放在八股文上，自然能考取，能得名；求利的，把身子脑袋都钻进钱眼里，自然能发财，能得利。我一生不得名利，就是因为看不起八股文，得罪了文曲星；又看不起守财奴，得罪了财神爷。

　　还是商朝那个不争气的君王太甲说得好，"自己作的孽，怪不得别人"，有什么可埋怨的呢？

[念楼曰]

　　此篇看似自嘲，实是反讽。

　　作者内心里十分看不起应试的时文，认为钻研制义是"抛却有用功夫"，学作八股是"聚成一堆故纸"，后来干脆托病不赴乡试，以诸生终老，对于累代阀阅的世家来说，乃是不肖子弟，故牢骚颇多。自嘲也好，反讽也好，都是在发牢骚，都是在发泄内心的不满。

　　全无爱名求利之心的人，大概是没有的。但"把心思智巧都倾入八股中"，"把精神命脉都钻入孔方里"的人，毕竟也只有那么多，因为"倾"也要有本钱才能倾，"钻"也要有本领才能钻，并不是每个人都能具备。但如果这种人越来越多，像龚炜的就会越来越少，读书人的总体素质就会越来越差，社会的风气也会越来越坏。

名利两穷

龚炜

凡物不贵重之则不至。如求名者把思智巧都倾入八股中自然得名，求利者把精神命脉都钻入孔方里自然得利。樵朽一生名利两穷，只缘看得时文轻便是上渎文星，看得守钱鄙便是获罪财神。太甲曰自作孽不可逭。

[学其短]

◎ 本文录自龚炜《巢林笔谈》卷五。
◎ 樵朽，作者自称。
◎ 太甲，商代的第四位国君，曾被放逐。

江上阻风

[念楼读]

　　孩子从没出过远门，头次去省城参加考试，不能不陪送。船到沙漫洲，为风所阻，只得停下来等风停。

　　挨着的船，也有去赶考的。府城中宋家叔侄，将船移泊到岸边柳荫下，两人坐在船头下棋。我们则去看近处的荷花，只见夕阳将花叶映照得分外鲜活，又将我们几个人不戴帽子、摇着蒲扇的影子投射在水面上。如果画一幅江上阻风图，下棋、看花，都堪入画。

[念楼曰]

　　明清两代，文童通过县、府、院试，取得"县学生员"（俗称"秀才"）身份以后，每逢子、午、卯、酉年（三年逢一次），可以到省里参加乡试。如能考中，成了"举人"，第二年入京会试，若又能中"进士"，便登了仕途，有官做了。

　　省试（乡试）每次取录的举人名额有限，江苏定额六十九名，后加额十八名，总共也只有八十七名。全省来考的却在万人以上，"中举"的机会小于百分之一，故十分难。龚炜自称"三黜乡闱"，就是三次应乡试都失败了。但这是明清士人唯一的出路，所以一而再、再而三，总得考，还得送儿子去考。不过他此时已淡泊科名，不再将考试和送考视为人生头等大事，所以才能以"萧疏"的心情"科头握蕉扇，委影池塘"看荷花，也不怕江上阻风会耽误了考期。

景佳如画

龚炜

儿子从未远出,初应省试,不能不一往。阻风沙漫洲,舳舻相接,郡中宋氏叔侄移船头就柳阴棋于其下,崇友拉予看荷花,夕阳反照,荷花明萧疏四五人,科头握蕉扇,委影池塘,若绘江上阻风图,二景绝佳。

[学其短]

◎ 本文录自龚炜《巢林笔谈》卷五。
◎ 省试,秀才考举人,分省举行,三年一次。

黄 连 树 下

[念楼读]

　　入秋以来，家贫再加上发病，心情总是这样抑郁。晚间坐在屋里，更是感到寂寞，觉得无法消愁。

　　这时忽然从内室传出了琴声，像一阵清风，吹开了久闭的窗户，精神为之一振。

　　这是妻在弹琴。

　　妻还能借音乐暂时忘却难堪的处境，难道我就只能永远被境况压倒吗？于是拿过挂在壁上的琵琶，随手挑拨几声，算是给正在"黄连树下弹琴"的妻伴奏。

　　但是，琵琶的声音却总是这样迫促凄清，不能够委婉柔和，终究无法发泄我满怀的郁闷。

[念楼曰]

　　明人小说中，就有"黄连树下弹琴，苦中取乐"的话。这话如今还有人使用，想不到龚炜将它写到了文章里头。

　　借音乐以抒情，在古代文人生活中，也是常有的事。读古人的诗，王维"独坐幽篁里，弹琴复长啸"，白居易"忽闻水上琵琶声，主人忘归客不发"，李益"不知何处吹芦管，一夜征人尽望乡"，都能引人入胜。高启听笛，"始知巇谷枯篁枝，中有人间无限悲，愿君袖归挂高壁，莫更相逢容易吹"，更把黄连树下借以消愁愁更愁的心情，婉转而又淋漓尽致地写出来了。但用散文自述奏乐情状尤其是夫妻合奏的，却极为少见。

琴声忽自内出

龚 炜

秋来病与贫俱,夜坐小斋,郁结不解.忽琴声自内出.不觉跃起,妇能忘境,我乃为境滞耶.因取琵琶酌两三弹,作黄连树下唱酬,其声泠泠,终不能啴以缓发以散也.

[学其短]

◎ 本文录自龚炜《巢林笔谈》卷六。

悼 亡 妻

[念楼读]

今晚就是大年三十夜了吗？那么，妻死去已经快二十天了。

提笔想写一点妻的事情，手在写，眼泪也在流，勉强写出了一个她的生平大略。但三十七年来的贫病相依、温存慰藉和病中的愁苦、死别的惨凄，却是写不尽也写不出的。

往岁过年，不管怎样艰难，妻总会想方设法，安排周到。今年则只有孝帐里的哭声，还有披麻戴孝的孙儿孙女两双泪眼，哪里还有心情过年。

[念楼曰]

此文作于壬午即乾隆二十七年（1762年），时龚炜五十九岁，已入老境。失去了同甘共苦、贫病相依的伴，又是个能"作黄连树下唱酬"的知心知性的人，其悲痛可想而知。所谓"粗述其生平大略"，应是替妻写墓志。这篇小文则特意提到了墓志中"不忍一二道也"的"三十七年夫妇之情"，一反常规，直抒胸臆，故比寻常文字动人得多。

后来长洲（今苏州）人彭绩作《亡妻龚氏圹铭》，文情与此可以相比，可惜文字稍多，只能节录其后半于下：

……嫁十年，年三十，以疾卒，在乾隆四十一年二月之十二日。诸姑哭之，感动邻人。于是彭绩始知柴米价，持门户，不能专精读书，期年，发数茎白矣。铭曰：作于宫，息土中，吁嗟乎龚。

内亡度岁

龚炜

今夕是除夕耶，内亡且二十日矣，含泪濡毫粗述其生平大略。三十七年夫妇之情，与一切病亡惨境，不忍一二道也。往年度岁纵极艰难，内必勉措齐整，今夕但闻幕内哭声，孙男女麻衣绕膝，泪霏霏不止，何心更问度岁事，哀哉壬午除夜泪笔。

[学其短]

◎ 本文录自龚炜《巢林笔谈》卷六。
◎ 内，龚炜妻王氏。
◎ 壬午，此指乾隆二十七年（1762年）。

微山湖上

[念楼读]

　　从夏镇到南阳镇，船都在微山湖上走。

　　太阳西下时，落照将千奇万态的云霞染成异彩，赤金色的天光投射在广阔的水面上，再反射出来，闪烁不定，使得倒映出来的各种形象和颜色更加好看。

　　太阳一落，蓝天立刻开始黯淡，彩霞也很快变成了浓云。霎时间苍穹上便出现了一钩新月，点点明星。

　　变化中的天地，真是一篇大文章，一幅大图画、充满了无穷无尽的创造力。

[念楼曰]

　　小学六年级时，国文先生给选读过一篇郑振铎写红海日落的散文，题材与此篇相似，篇幅则不止十倍，虽然在现代散文中仍算短篇。

　　"五四"时提倡白话文，提倡口语化，应该说是不错的。但过于否定文言文，则不无过正，因为文言文简练洗净的优点，是多少代文人呕心沥血创造得来的，不该随便丢掉。如果作文都记口语，像我在六年级课堂里听先生讲的话，如今的小学生即难完全听懂，何况还有方言的差别。元朝的白话谕旨、明太祖的手诏，也比八大家文更难读。

　　尤其在抒情写景方面，无论是作诗还是作散文，语体文（白话文）真能赛过文言的，真还不多。

大块文章变化不尽

龚炜

从夏镇抵南阳，时当落照，云霞曳天，澄波倒影，俯仰上下无彩不呈。俄而浓云四布，宝净色忽焉惨淡，已又推出新月，清光一钩，疏星万点，大块文章真是变化不尽也。

[学其短]

◎ 本文录自龚炜《巢林笔谈续编》卷上。
◎ 夏镇，时属江苏沛县，即今山东微山县城。
◎ 南阳，镇名，位于微山湖中，原属山东鱼台县。

惜 华 年

[念楼读]

挨着节气数下来，又是清明时分了。

反正多的是闲时，今日出门到野外去散步，枝头已可见新生的柳叶、初绽的桃花。浓绿的麦田和深黄的油菜花，更将大地铺上了锦绣，真是一派大好春光啊。

林中的百鸟都在唱歌，水里的鱼鳖也开始追逐游戏了，所有植物和动物，都现出了勃勃的生气，接触到这一切，真的既能添游兴，也有益文思。

只可惜人的青春却一去不回，能够享受欢乐的时间啊，真是太少太少了。

[念楼曰]

前一篇谈到了写景抒情，抒情虽不必写景，写景则必得抒情。人们常说此情此景，"此景"若不入人目，不动人心，又怎能被写成文字，抒发作者的襟怀，引起别人的感兴，生出"此情"来。

前一篇又将今人和古人写景抒情的文章比较，今人的文章是写给大众看的，总不免做作，古人的文章是则写给自己看的，不会有太多做作，龚炜便是一个好例。

龚炜写凄清时是写愁，写"春林渐盛，春水方生"时，想起青春易逝也还是写愁，看来多愁善感的确是他与生俱来的气质。

但这和"少年不识愁滋味"偏要"强说愁"有所不同，龚炜倒是"识尽愁滋味"而不能"欲说还休"的。

清明闲步

龚炜

数时报节已届清明，闲步郊原，枝间柳桃花铺菜麦，春林渐盛，黄莺紫燕何树不啼，春水方生，黛甲素鳞何波不跃，一切卉木禽鱼之胜，多是文章朋友之资。独惜少年一去不回，为欢常如不及。

[学其短]

◎ 本文录自龚炜《巢林笔谈续编》卷上。

暑 中 悬 想

[念楼读]

　　盛夏时节,大太阳当头晒,无处不热气逼人。老年人又特别怕热,真是受不了。

　　听说浙南括苍山中有一处整个被绿荫笼罩的地方,一百二十里路两边全是茂密的竹林,两边多有茶亭、房舍,尽可流连休息。明朝刘一介先生在此一住六十年,从来不想离开。

　　热得不得了的时候,心想着这个清凉世界。想得入神时,身上仿佛也分得了一丝凉气。

[念楼曰]

　　过去没有空调,生活在几大"火炉"旁的人,都领教过夏夜热得无法入睡的味道。那时也记起过"心静自然凉"的老话,心却无论如何也静不下来,更无法像龚炜这样,悬想遥远的"绿天深处","便觉清气可挹"。

　　这是一个个人修养的问题,也是一个读书多少的问题。记得有佛教居士写过这样两句诗:"身居火宅中,心在清凉境。"印度习瑜伽的人,据说也有暑不觉热、冻不怕冷的本事。这些类似"练功"的说法,老实说我是不太相信的。但不能不承认,读书多、见识广、思想通脱的人,确实较能抵御外力的侵扰,较能保持内心的平静。无论是对自然界的酷热严寒,或者对人世间的狂暴横逆,大抵都是如此。

绿天深处

龚炜

夏月赤日行天,炎气逼人,衰年怯暑,大是苦境。旧闻处州括苍山有绿天深处,缘竹径入百二十里绿阴,五里一亭,十里一室,明刘一介处此六十年,悬想便觉清气可挹。

[学其短]

◎ 本文录自《巢林笔谈续编》卷上。
◎ 处州,今浙江丽水。
◎ 刘一介,未详。

画 中 游

[念楼读]

　　平生心愿是游遍名山大川，可是体力财力都不足，又总是穷忙，虽有此心，却难实现。

　　如今老病缠身，此事更成了空想。只好多看看名家画的山水，想象自己身在其中，算是一种弥补。

[念楼曰]

　　古时候，出游尤其是出远门去游名山大川，不是那么容易的。那时行路住店的，通常只有两种人：一种是商人，一种是做官的人和准备做官的读书赶考的人。旅游不仅不方便，而且不安全，因为不能只走官商大路，只能像徐霞客那样犯难冒险，真的需要财力和体力。故龚炜老来作此语，是潇洒，亦是可怜。

　　如今旅游成了温饱之后人人得以享受的一种文娱活动，一种休闲方式。龚炜心目中的名山水，只要想去游，完全可以不必画饼充饥了。但今人之中，也有像我这样不会享福的。老朋友、老同事都在到处跑、满天飞，我却是很少出游的一个。说忙吧，离休以后应该不忙了。说穷吧，公费旅游也享受得到。究其原因，主要是现在的名山水已非清净场，旅游更成了上餐厅看表演，闲散之乐已经很少。像我这样"休闲"只想真"闲"不想热闹的人，便只能恕不奉陪了。

置身画图中

龚炜

常思遍游名山水，而阻于无事之忙，限于不足之力，今老矣。虚愿难酬矣。披览名人图画，恍若置身其中，亦可少补游屐所未至。

[学其短]

◎ 本文录自《巢林笔谈续编》卷下。

王闿运日记九篇

儿 女 读 书

[念楼读]

　　正月初七日,雪。

　　杨慕李、孙翼之二人来访。

　　督促儿女们读书。诵读声中,不知不觉打了个盹。一觉醒来,读书的孩子们早散了。比起二十年前用功的情形来,真是不同的两代人啊。

[念楼曰]

　　日记成为文体的一种,早在宋朝就出现了,范成大和陆游都留有史料性和文学性都很强的作品。明朝以后,作者渐多,这大概和写作中个人主体意识的加强有关。

　　王闿运的《湘绮楼日记》,为清季四大笔记之一(另三种作者为曾国藩、翁同龢、李慈铭),都是作者生前宣传众口,死后很快成书的。此处九篇均选自壬辰(光绪十八年,1892年)卷,时王已五十八岁,居衡阳。

　　钱基博《现代中国文学史》开头第一句便是:

　　　　方民国之肇造也,一时言文章老宿者,首推湘潭王闿运云。
可见王氏在当时文坛上的地位。他言日记"皆章句饾饤、闾里琐小之事",前句指个人读书心得,后句指日常生活、社会见闻,所以更有价值。

　　《湘绮楼日记》生动地记载了古老中国最后一辈文人的生活。王闿运死于1815年,再过五年五四运动开始,老一辈就进入历史了。

人 日

王闿运

人日有雪，杨慕李孙翼之来，儿女读书。余昏昏睡去，比醒已散去矣。校之廿年前，真成两代也。

[学其短]

◎ 此九篇均录自王闿运《湘绮楼日记·光绪十八年壬辰》。
◎ 人日，正月初七。
◎ 王闿运，字壬秋，号湘绮，清末民初湘潭人。（以下不再说明）

清 明

[念楼读]

　　三月十三日，阴雨天气，又有风，颇觉凉爽。

　　昨晚上下大雨，睡了个好觉。

　　安排学生课程作业后，外出散步。只见新涨的湘水，满江呈现出去年的黄色，映带着两岸的嫩绿，显出浓浓的春意。野地上的山兰开满了白花，几株通红的马缨点缀其间。树林全换上了青翠的新装，从中传出求偶斑鸠急迫的啼唤，已是一派清明时节的光景了。

[念楼曰]

　　农历三月十三，正是清明时节。此时王闿运在衡州（今衡阳）主讲船山书院，"督课"便是督书院诸生的课。课余稍作行散，所见应是书院外郊野的风景，而文笔萧散，自然流丽，甚为可读。

　　清代的文章向以桐城派为"正宗"，殿军便是曾国藩和"曾门四子"——吴汝纶、张裕钊、薛福成和黎庶昌，都走唐宋八大家的路子，讲气势，重声调，读起来好听，但总是强调"载道"即为主流意识形态服务，道学气浓，生气就少了。

　　王闿运"人物总看轻宋唐以下"（吴熙挽王联），文宗魏晋，不作韩柳派的"古文"，亦不作道学门面语。所作《秋醒词序》《到广州与妇书》等文，看得出六朝郦道元、徐陵，下洎汪中、龚定庵诸人的影响，本文不过是一个最小最小的例子。

　　因为语体替代了文言，清末民初不少好文章渐少人知，在文体研究上未免缺憾。

三月十三日

王闿运

十三日阴雨风凉．督课一日．夜大雨．沉酣湘流复黄新绿映水饶有春意．湘兰满花马缨红缀杂树皆碧鸠啼甚急正清明景物也．

[学其短]

◎ 本文录自《湘绮楼日记·光绪十八年壬辰》三月。

杀人与要钱

[念楼读]

七月廿二日，晴。

刘某某来，也说吴抚台新官上任头把火，就会在长沙修洋船码头，我则以为未必。

照我想，他的头一件事，一定会抓紧在中秋节前杀一批犯人。先杀人，再创收，这才是既突出了政治又能搞活经济的得力大员嘛！

书房当西晒，今日移房，未做别事。

[念楼曰]

文人论政，未必要登庙堂之上，私底下评说时事，有时更值得注意，这就只有求之于日记、书信等纯粹属于私人的文字了。

王闿运"平生帝王学"（杨度挽王联），虽然是名士，是文人，却也曾有政治抱负，也参与过政治。他先后入肃顺、曾国藩幕，对晚清军政人物都很熟悉；还一度热衷"游说"，积极论政。所作《湘军志》，评议当轴人物，更是毫不留情，表现出一种跅弛自雄的姿态。这时已入老年，更有点倚老卖老了。

这里说的吴抚台吴大澂，是一位"名臣"，光绪十八年（1892年）六月起任湖南巡抚。"立洋马头"为当时新政，"杀人"和"要钱"则是历来政府必抓的两手，越是"能员"自然抓得越紧。其实湘绮亦未必实有所指，不过文人积习，谈到做官尤其是做大官的，至少也要调侃他几句，不会轻易放过。要是在如今，不闯祸才怪。

七月廿二日

王闿运

廿二日.晴.刘心葵来谈.亦云吴大澂欲立洋马头.余独以为不然节前将至矣.以余度之必先杀人而后要钱乃为文武之材也外斋日灼移内未事

[学其短]

◎ 本文录自《湘绮楼日记·光绪十八年壬辰》七月。
◎ 吴大澂,清末吴县(今苏州)人,时任湖南巡抚。

张之洞来信

[念楼读]

八月二十九日,阴。

收到张之洞的来信,看字迹,已经不像早年,大概是师爷代笔的。不然的话,总督大人后来一定又练过颜字——也不像是杨锐的笔墨。

[念楼曰]

王闿运此时只是衡州(阳)船山书院的山长,论地位顶多相当于如今市属大专学校的校长;张之洞则官居湖广总督,等于管大区的中央局书记。但是,看他们二人之间书信往来,王闿运可以布衣傲王侯,在日记中漫称张"红顶",无所用其恭敬;张之洞对他恐怕还得客气一些,才能显出"礼贤下士"的风度来。

清制中,总督为正二品,帽顶用红珊瑚(起花与不起花者有别);但如加了"右都御史"衔,则为从一品,帽顶视同正一品用红宝石了。红珊瑚、红宝石,帽顶都是红的,故王以"红顶"称之。

这些制度、仪注方面的细节,如今许多人都不太明白了,在电影电视里常常弄错。比如说,一堂顶戴全是红顶,或全是金顶,大小文武官员补子上全绣仙鹤,事实上这都是绝不可能的。

很希望有人将这类制度、名物方面的知识,分别撰写成书,亦不必很厚很详细,简单明了便行。

八月廿九日

王闿运

廿九日,阴。得张孝达书,笔迹不似早年。盖幕客所为,不然则红顶必学颜书也。亦不似杨锐之作。

[学其短]

◎ 本文录自《湘绮楼日记·光绪十八年壬辰》八月。
◎ 张孝达,名之洞,号香涛,晚清直隶南皮(今属河北沧州)人。
◎ 杨锐,戊戌六君子之一,时为张之洞幕僚。

祭奠亡妻

[念楼读]

九月八日,晴。

今天是亡妻梦缇的生日,为她举行祭奠。全家素食默哀,女儿们个个流泪。孩子们对亡母的深情,使我得到了安慰。我也停止了一切活动,整天沉浸在悲哀中。

[念楼曰]

钱基博《现代中国文学史》说,王闿运"夫人蔡氏名菊生,亦知书,能诵《楚辞》"。其伉俪之笃,从闿运《到广州与妇书》长达二千余言,文情并茂中,便可以看得出来。蔡亡故以后,王的哀思确是很深沉、很真切的。

但王闿运并不是一个"从一而终"的男子,梦缇在时他即已纳妾,还有这个妪、那个妪(周妪即有名的周妈),日记中不止一次记有"某妪侍寝",都是公然行之。这在多妻时代本不是稀罕之事,看来亦与其家中夫妇之道无多抵触。

动物中一夫一妻制遵守得最好的是大雁,失偶后即终身不再交配,传说如此,实际情况是不是这样的呢?恐尚有待证明。其实顶贞节的动物大约还当推"偕老同穴",这是一种小鱼,体小时结成对子,通过小孔进入海葵腔内,长大后即无法出来,终生在里面交配繁殖,借流动的海水获得食物并排出受精卵,一雄一雌,绝不可能有"第三者插足"。但人类的近亲猿猴却从来都是多妻的,在进化树上的位置却比鱼、鸟高多了。动物行为学和人类学的专家,对此一定进行过不少研究,可惜我原文看不懂,译文又不想看。

九月八日

王闿运

八日.晴.梦缇生辰也.设奠小儿能哀.尚有可取.诸女皆垂涕.余亦素食思哀.竟日无营.

[学其短]

◎ 本文录自《湘绮楼日记·光绪十八年壬辰》九月。
◎ 梦缇,王闿运之妻,姓蔡名菊生。

和合二仙

[念楼读]

十月十六日。白天的课没讲完,开灯后才结束。

易中硕的诗,个性鲜明,形象生动,读时作者的面目和神态如在眼前。他和曾震伯这两个风流才子,乃是我平生所见到的顶聪明的人,只可惜不够稳重,迹近轻浮。二人都信托我,愿和我结交,我却没有能力规范他们,心中颇为歉仄。

幕布拉开时锣鼓喧天,场面精彩,登台的和合二仙妙相庄严,令人欢喜;可是一眨眼变成了一对蚌壳精,正剧变成了调笑的闹剧,给观众的印象便差得多了,这也是无可奈何的事情。

珰儿今日去彭家。

[念楼曰]

易顺鼎(中硕)和曾广钧(重伯),都是很有才华的世家子弟(顺鼎父易佩绅累官至江苏布政使,广钧则是曾国藩之孙),他们作诗很好,做人则毛病颇多,王闿运曾写信给易云:

> 海内有如祥麟威凤,一见而令人钦慕者,非吾贤与重伯耶?然亦惹非笑,不尽满人意者,重伯好利、仲硕好名故也……故吾为仙童之说,谓夫仙童有玉皇香案者,兄日姊月,所见美富……一旦入世,则老虎亦为可爱,金银无非炫耀,乃至耽着世好,情及倡优,不惜以灵仙之姿为尘浊之役,物欲所蔽,地狱随之矣。

王闿运比易顺鼎大二十五岁,故能如此直言相劝。但"和合二仙"不能接受规劝,终于成了一对蚌壳精,成就都十分有限。

十月十六日

王闿运

十六日.讲课不能毕.改于灯下完之.看易中硕诗如与对面易与曾震伯皆仙童也.余生平所仅见而不能安顿.有儳焉之势.托契于余无以规之.颇称负负.大锣大鼓之后出一对和合.俄成蚌蛤精戏亦散矣.奈何奈何.珰往彭家.

[学其短]

◎ 本文录自《湘绮楼日记·光绪十八年壬辰》十月。
◎ 易中硕，名顺鼎，湖南龙阳（今汉寿）人。
◎ 曾震伯，即曾重伯，名广钧，湖南湘乡（今双峰）人。

做 生 日

[念楼读]

十一月二十八日，下雪了。明天是我的生日，今日家中办饭提前为我"做生"。

小程打发人通知说，道台明天要来拜寿，实在觉得不便接待，连忙写信阻止，并且请城里的客人都不要来。

我向来不太怕"做生"，只怕"做生"客太多，要"躲生"更麻烦。现在则觉得"做生"还不如"做死"，死后开吊，客人来得再多，自己躺着任他们磕头作揖，无须答礼迎送，倒比"做生"省事得多。

书院学生二十一人来祝贺送礼，止也止不住。大雪，又冷，招待简单草率，自己不免好笑。到了晚上，点起灯烛，放起鞭炮，总算热闹一场。

[念楼曰]

庆贺生日，本意应该是高兴本人又活过了一年的意思，这只有在家庭之中对年纪大的才须如此，也才有意义。但不知怎么却推广开来，居然成为社会礼俗，似乎非办不可；若是"做"的借此招摇，"来"的有心趋奉，事情就更加复杂。王闿运本不怕"做生"，但道台硬要来，"院生贺礼，亦不可止"，也就觉得"生不如死"了。

王闿运说他"向不喜躲生"，"躲生"便是在自己生日前离家躲开。不见了寿星，来拜寿的自然就会散去。先父"躲生"躲了一世，直到他老人家八十八岁撒手归西，这件事我一直十分同情，所以自己从来不"做生"。

十一月廿八日

王闿运

廿八日．雪．家人治具馔祝程郎遣报道台欲来甚窘与书程生阻止之兼止城中客向不喜躲生今乃知生之不如死也．死而客来吾但偃卧待之何所畏哉．院生贺礼亦不可止冰雪严寒仓皇咨嗟甚可笑矣夜烛爆热闹诸生来者廿一人．

[学其短]

◎ 本文录自《王闿运日记·光绪十八壬辰》十一月。

◎ 馔（nuǎn），喜庆前请吃。

做 年 糕

[念楼读]

十二月廿二日,雨。派用人到城里买年货,准备过年。自己整天都在家中,没有外出。

家里本该打年糕,却都说不会。什么东西都要买,渐渐显出做官的派头来了。

王迪安来,谈话甚久。

[念楼曰]

《东京梦华录》记述北宋时汴梁居民生活,说在重阳节前一二日,"各以粉面蒸糕遣送"。唐刘禹锡重阳作诗,想写糕,"以六经无糕字",便不写了。这说明糕的起源虽不很"古",但唐宋时即已常见,大概与米麦粉碎的技术普及有关,也与人们的饮食逐渐精细化有关。

湖南为稻米产区,过去乡村中等以上人家,重阳节未必蒸糕,年糕却是家家户户都要"打"的。腊八以后,将糯米蒸熟,置石臼中用碓舂或杵捣,使之融烂成团,然后制成方块,再切成糕。如制成饼状,则称糍粑。这既是年节的食品,而以冬至日冷水泡之,更可以保存到来年春天插田时。

王闿运认为不知做糕便"不成家"了,这与他的家庭出身不无关系。其祖父为乡村医生,父亲是小商人,并不富裕,更不是官宦人家,日常吃用没有条件动辄用"买"的办法解决,只能靠"家中"妇女自己动手做,如今却不做了。其实此时他早已蓄妾,雇用的"妪"亦不止一二,人手并不短缺。

十二月廿二日

王闿运

廿二日.雨.遣僮入城办年事.因居内未出家中不知作糕.遂罢之.渐不成家.有官派矣.王迪安来谈半日.

[学其短]

◎ 本文录自《湘绮楼日记·光绪十八年壬辰》十二月。

走 夜 路

[念楼读]

　　十二月二十三日，阴。
　　陈家办丧事，请我去"点主"，早饭后便动身前往，到了那里，才知道吊客都还没有到。原来衡州的风俗，丧礼得在晚上举行。于是只好留下，等到题写了铭旌才走。
　　回来的路上，轿子到白鹭桥，渡船泊在对岸喊不过来。路上遇到另一户江西商家出殡，许多灯笼火把，却不能为我们照明。幸好求得一户村民帮助，才得回家。

[念楼曰]

　　读前人日记，可以赏其才情，可以了解社会，我则更注意其中的土风民俗。这里所说，衡州（今衡阳）的丧礼要在晚上举行，出殡也在晚上，打着灯笼火把抬棺材上山，便是非常有价值的材料。日记只用几十个字，便将过河呼渡不得，炬火"未能照我"，求助路旁村民等走夜路的尴尬写出，却仍不失风趣，写作上是很成功的。
　　那时出葬要请名人"点主"、写"铭旌"，这本来是两件事，点主是用笔在死者"神主"（主位牌）的"主"字上填上预先留空的一点，写铭旌则是在长条白布（或绸）上写出死者的姓名头衔，都是隆重的仪式，都得由有地位有名望的人当着众人来做。《儒林外史》里的鲍文卿是个戏子，若不是向太守念旧，便找不到人题铭旌。但一主不烦二客，这两件事通常便只请一位名人兼任。王闿运这时已是大名人，等到晚上题了铭旌，坐上轿子却还得摸黑回家，岂不怪哉。

十二月廿三日

王闿运

廿三日.阴.朝食毕临陈丧客尚无一至.衡俗成服以夕.为写铭旌而还舁至白鹭桥呼渡不得几困于夜江西客夜葬炬火甚盛而未能照我也乞于路旁一村民乃仅得还.

[学其短]

◎ 本文录自《湘绮楼日记·光绪十八年壬辰》十二月。